深海カフェ　海底二万哩《マイル》

蒼月海里

角川文庫
19570

深海カフェ 海底二万哩《マイル》

Shinkai Cafe
20000 Leagues
Under the Sea

menu

扉を開けると、そこは深い青に彩られた世界だった。

まるで海の中だ。

壁はごつごつした岩肌で、僕をぐるりと囲んでいる。

頭上を見上げれば、太陽の優しい光が射し込んで来るかのようだ。縦穴の洞窟《どうくつ》を模したエントランスにいる僕は、海底に棲《す》む魚みたいな気分になる。

岩がこしらえた天然の螺旋《らせん》の棚には、海に沈んだと思《おぼ》しきものが飾ってあった。

壊れたおもちゃもあれば、金ぴかのブレスレットや大粒の宝石が下がるネックレス、繊細な木彫りのオルゴールなんかも並べられていた。さながら地上に焦がれる人魚のお姫様のコレクションだ。

洞窟の奥にもぽっかり穴が開いていた。そろそろと進んでいくと、先程とは打って変わった近未来的な風景が待っていた。

潜水艦。もしくは博物館を彷彿《ほうふつ》させる。

目の前には、巨大なスクリーンを思わせる丸い窓があった。そこから海中の景色が見えるのだ。窓の向こうには、僕の知らない魚がたくさん泳いでいる。

天井からはクジラの全身骨格がぶら下がっていた。壁にも標本が沢山ある。古代の海に棲んでいた生き物の化石なんかも飾ってあった。

ところがここには、潜水艦でも博物館でもないと言わんばかりに、黒一色のシックなテーブルと椅子《いす》が幾つも並べられていた。ふんわりと包み込むような、スイーツの甘い香りも漂っている。

ああそうか、と僕は気付く。

ここは、カフェだ。

僕がぼんやりとしていると、厨房《ちゅうぼう》と思しき奥の部屋から誰かがやって来る。

そして、優しく微笑んでこう言うのだ。

「いらっしゃい。待ってたよ」と。

その人こそ、僕の、大事な——。

第一話
南国ジェラート

Shinkai
Cafe
20000 Leagues
Under the Sea

姿を消してから七年。とうとう〝兄〟の失踪宣告《しっそう》が確定した。すなわち法的に亡くなった、ということになった。

そう説明しながら、八木《やぎ》さんはさめざめと泣いた。

八木さんは御近所のおばさんだ。家族ぐるみで付き合いがあった。

疲れた顔には化粧っ気がなく、すっかり老けこんでしまっている。以前はもっと溌剌《はつらつ》として、若々しい人だったのに。

「ごめんね、倫太郎《りんたろう》君。うちの大空《おおぞら》と仲良くしてくれたのに。おばさんもおじさんも、大空のことを見つけられなくて」

「僕は、いいんです」

宥《なだ》めるように、やんわりと返す。

「それよりも、その……」

元気を出して下さい。

そんな月並みな気休めは、口から出なかった。言葉に詰まる僕を、八木さんは強く抱きしめてくれた。まるで、自分の息子にするみたいに。

僕は物心がつく前から、八木さんの一人息子である大空兄ちゃんに、よく面倒をみてもらっていたらしい。幼い僕の世界には、常に大空兄ちゃんがいた。

「部屋はそのままにしておこうと思うの。やっぱり、ふらりと帰って来そうで」

「……そうですね」

「でもね、あの子の持ち物で欲しいものがあったら、言ってちょうだい。倫太郎君にはずいぶんお世話になったしね」

「お世話になったのは、僕の方です……」

そう、世話になったのは僕の方だ。

大空兄ちゃんは物静かな人だった。本が大好きで、いつも本を読んでいた。だから頭がよくて、何でも知っていた。僕が聞いたことに、何でも答えてくれた。

懐かしい声が頭の中に蘇《よみがえ》る。

『そんなにしょんぼりして、どうしたんだい、倫。僕が本を読んであげようか。倫も大好きな、この——』

優しい、さざ波のような響きと共に、ハッと思い出した。

「……そうだ。それじゃあ一つだけ、借りたいものがあるんです」

「あら、なぁに？」

「兄ちゃんが大好きだった本。朗読はしてもらったんですけど、自分で読んだことがなくて」

「本……。沢山あったわね。どれかしら」

「海に潜って探検する本です。学者と使用人と銛《もり》打ちが、謎に包まれた船長の舵取《かじと》りする潜水艦に乗って、世界中の海底を巡る——」

「ああ、あれね。あの子のお気に入りだったわ……」

八木さんは潤んだ瞳《ひとみ》で僕の話を聞いてくれていた。よく見れば、白目のところが充血して赤くなっている。息子の失踪宣告の手続きをした後も、ずっと泣いていたのかもしれない。

そんな八木さんの前で、僕は涙を一粒も零《こぼ》さなかった。正確には、涙など出なかったのである。

確かに悲しいはずなのに、僕の心は何も感じなくなってしまっていた。

ジュール・ヴェルヌの〝海底二万里〟が、大空兄ちゃんの愛読書だった。

数あるコレクションの中から、特にお気に入りだったマッコウクジラの栞《しおり》を選んで挟んでいた。アルミ製の栞はキラキラとした銀色だ。日の光を当てると、マッコウクジラが波しぶきをあげながら泳いでいるようにも見えた。

『もしも、この本に登場する潜水艦のノーチラス号に乗せてもらえるのなら、絶対について行きたいものだね。もう二度と陸地を踏めなくても構わない。そう思うんだ』

大空兄ちゃんは、病的に白い肌をしている割には包容力がある大きな手で、頁をめくりながらそう言った。それを言われるたびに「僕を置いて行かないで」と泣きじゃくったのは、幼稚園に通っていた頃の話だ。我ながら甘えん坊だったと反省する。

大空兄ちゃんは手が大きいだけでなく、背も高い人だった。僕が踏み台を使わないと取れない高い所の本も、悠々と手を伸ばして取ってくれるのだ。

蔵書は海関連のものが多かった。その中でも深海に関する本が特に目立っていた。名前は大空なのに、兄ちゃんは正反対の深い海の底に憧《あこが》れているようだった。

僕も深海生物の事典を見させてもらったことがある。そこには神様が悪ふざけをしたとしか思えないような、冗談みたいな生き物ばかりが載っていたような気がする。頭が透けている魚とか、足が生えているみたいな魚とか、UFOみたいなクラゲとか。もう殆《ほとん》ど思い出せないけど、そのインパクトだけは胸に沁《し》みついていた。

大空兄ちゃんは、大学では海洋関係を専攻していたらしい。たまに聞かせてくれる海の話も、僕はとても好きだった。

八木さんから預かった〝海底二万里〟を鞄《かばん》に仕舞い込み、東京で唯一残った路面電車である都電荒川《とでんあらかわ》線で、東池袋四丁目《ひがしいけぶくろよんちょうめ》停留所に向かう。

都電の車内は今日も平和だった。おばあさんの集団や親子連れが、各々でお喋《しゃべ》りをしている。地元民も観光客もひとまとめにして、チン、チンと軽快な音を立てて、都電はゆるゆると都会の街中を走っていた。

車窓から見える木々はすっかり丸裸になっていて、冬の冷たい風を受けて寒そうに震えている。それなのに、道往《ゆ》く子供は元気に走り回っていた。

大空兄ちゃんと、こうして出掛けるのが夢だった。

兄ちゃんは身体が弱くて、僕と一緒に遠くへ出掛けることは難しかった。近所の商店街まで行くのが精々だったし、少し歩くとすぐに息切れして苦しそうにしていた。

「……ここも、兄ちゃんと一緒に来たかったんだけどな」

都電の停留所から、サンシャイン60ビルへと向かう。

池袋《いけぶくろ》の空は狭い。けれど、その空を、より高く仰げる場所がある。

サンシャイン水族館。

地上六十階建てのサンシャイン60ビルの隣に、ワールドインポートマートというビルがある。その屋上に、それはあった。

エレベーターにのって屋上へ向かう。滝の水音が聞こえる入場口からは、細い回廊が伸びている。真っ直ぐ進むと、左側に急に視界が開けた。

冬の眩《まぶ》しい日差しが突き刺さる。風は冷たいのに風景は南国だった。

南の砂浜にありそうな植物が、風に揺らいでいる。強い潮の匂いが鼻を刺激した。

アシカが空を飛んでいた。いや、上空にドーナツ形の透明なプールが設置されているのだ。アシカたちは、そこをすいすいと自由に泳いでいた。

オタリアの高らかな鳴き声も聞こえる。ペンギンが身体をぷるぷると震わせながら、太陽の光を気持ち良さそうに浴びていた。

背後には、高くそびえるサンシャイン60ビルがあった。それ以外はほとんど何もない。ただ青空が広がっているだけだ。

空に近い場所で、海の生き物たちがのんびりと過ごしている。

まるで大空兄ちゃんの心の庭みたいだ。そう思うと一瞬心が弾んだが、すぐに喪失感に打ちのめされた。大空兄ちゃんはもういない。それを思い知らされる。

「兄ちゃん……」

晴れ渡った大空を見ていると、胸がずきずきと痛む。その時だった。

「ねぇ、君」

不意に声をかけられる。大学生くらいの男二人組だ。

「何ですか？」

「わ、意外とハスキーボイス。ねえ、もしかして一人？」

「来るはずだった子が来れなくなっちゃってさ。よかったら一緒にどう？」

「どう、って……」

　わけが分からない。思わず顔をしかめてしまう。

「そんな怖い顔しないでよ。別に怪しいものじゃないからさ」

「そうそう。かわいい女の子が一人なんて、思わず声をかけたくなるって」

　女の子。

　どうやら女と勘違いされているらしい。僕は怒りに震えた。

「ぼ、僕は男だ！」

　大学生二人が顔を見合わせる。そして、僕をまじまじと見つめた。

「またまた」

「ご冗談を」

　完全否定だ。

　白状しよう。女と間違えられるのは初めてじゃない。

　確かに僕はろくに筋肉もついていないし、背もそんなに高くない。でも声変わりはしているので、性別を間違われるのは甚だ心外だった。

　高校生になって、もういい加減、間違われないと思ったのに。

モノトーンの中性的なコーディネートで来たのが悔やまれる。似合わなくてもいいから、もっと男らしい服を着てくれば良かった。

「いいか？　目ん玉広げて、よっく見とけ！」

鞄から出した学生証を、相手の目の前に突き付ける。

——来栖《くるす》倫太郎。

どうだ、この男らしい名前！

「倫……太郎!?　ひ、ひぃ、ホントだ！」

「だ、だけど、それはそれで……」

何が、それはそれで、だ。そこはきっぱりと諦《あきら》めろ！

「とにかくもう、放っておいてくれ！」

僕は大学生二人を振り切ると、屋内施設へと逃げ込んだのであった。

屋内は海に潜ったみたいに薄暗かった。青い照明が闇をぼんやり照らしている。

それに反して水槽の中は明るく、色とりどりの魚達が僕を迎えてくれた。

魚の姿を見て名前が浮かぶほど、僕は海に詳しくはない。こんな時に大空兄ちゃんがいたら、「あの魚はね」と教えてくれたのだろうけれど。そしてきっと兄ちゃんは、どんな生き物よりもキラキラした綺麗《きれい》な目で、僕にたくさんの不思議を話してくれたに違いないのに……。

でも、兄ちゃんはもういない。僕は仕方なく解説用パネルと実物を照らし合わせて、魚の名前を判別する。

可愛らしいチンアナゴにツノダシ、チョウチョウウオ。巨大な水槽の中には大きな身体のエイが泳ぎ、ウツボがくねっている。大人より大きそうな、やたらと尾びれの長いサメもいた。これはトラフザメというらしい。ヒョウ柄でちょっとオシャレだ。

水槽の中にいるのは綺麗な魚ばかりだった。デートスポットに選ばれる理由もよく分かる。ここは癒しの空間だ。透明感溢《あふ》れるBGMも相俟《あいま》って〝ひとが思い描く理想の海〟にいるような気持ちになってくる。

巨大水槽の前に大勢の客が集まっていた。どうやら水中パフォーマンスが始まるらしい。ダイバーが水槽の中に潜り、魚みたいに優雅に泳ぎ始めた。

今はショーを見るような気分じゃない。人だかりから逃れるように歩を進める。パフォーマンスに人が集中しているので、他のコーナーは静かなものだ。

次のエリアに行こうとしたその時、ふと足が止まる。

深い青の壁に、ぽっかりと不自然な入り口があったのだ。

重そうなドアの前にレトロな看板が立てられて、そこにはこう書かれていた。

――〝深海カフェ　海底二万哩《マイル》〟。

ざわっと全身が総毛だった。思わず鞄の上から〝海底二万里〟の本に触れる。

深海。そして、ジュール・ヴェルヌの作品を連想させる名前。

まるで大空兄ちゃんのためにあるような店ではないか。

気がついた時には、僕は扉を開けようとしていた。

どうしてこんなところにカフェがあるのか、そんなことはもうどうでもいい。

扉を開くと、ふわっと潮の香りがした。ひんやりした空気と深い青が僕を迎える。

思っていた以上に店は広かった。上に高く、奥に長い。ビルの上の水族館にこんな空間があるなんて、ちょっと意外だ。

青い照明が照らすエントランスは、まるで洞窟《どうくつ》だった。

周囲は岩肌でぐるりと囲まれていて、縦穴の洞窟みたいだ。頭上の吹き抜けでは、地上からの光のような白色ランプがぼんやりと光っている。

岩肌のところどころにはオブジェが置かれている。壊れたオルゴールに、朽ちかけた木箱や曇ったガラス瓶など。ガラクタばかりと思いきや、金貨らしきものが固まって置かれていたり、やたらと豪華なアクセサリーが無造作に転がっていたりもした。

「なんだ……、ここ」

まるで海底に沈んだ宝物を拾い集めて、飾り付けたみたいだった。

見れば、奥に続く通路がある。その前には小さなカウンターもあって、動くかどうか分からない古ぼけたレジスターが鎮座していた。側面にはフジツボがびっしりと生えている。本物のわけがないから、恐らくフェイクだろう。

少し待っても店員がやってくる気配はない。僕は意を決すると、そっと奥に向かって足を踏み出した。

洞窟の横穴を抜けると、視界が急に広がった。

プラネタリウムのようなドーム状の天井が僕を迎える。その先に、大きくて丸い窓が見えた。窓の向こうには魚が泳いでいる。潜水艦の中にいるみたいだった。

よく磨かれた床の上に、テーブルと椅子《いす》が規則正しく並べられている。シンプルなデザインで黒一色のそれは近未来的であり、どこか無機質な店内に似合っていた。

壁には貝の標本がずらりと並んでいる。見たことのない綺麗な貝ばかりだ。かと思えば、大昔に絶滅した生き物の化石なんかもある。天井からは小さなクジラと思《おぼ》しき全身骨格がぶら下がっていた。

ところどころにあるクラゲ形のスタンド照明は、ぼんやり青い燐光《りんこう》を放っていた。カフェでありアクアリウムであり、ミュージアムでもあるようだ。

ここでデートしたい人は多そうだし、いわゆる〝女子会〟とやらの会場としても好まれそうだ。もちろん大人じゃなくても楽しめるだろう。現に僕は、今にも海底の冒険に出てしまいそうなこの店内のたたずまいに、ワクワクしているのだから。

けれど、お客さんは誰もいなかった。もしかしたらまだ準備中なのかもしれない。

急に気が引けて順路に戻ろうとしたその時、ぐっと何者かに肩を摑《つか》まれた。

「いらっしゃい、ようこそ〝海底二万哩《マイル》〟へ！」

若い男の声だ。振り向こうとしたら、耳元でそっと囁《ささや》かれる。

「お迎えが遅くなって――ゴメンね？」

「ひぃっ！」

ぞわわっと鳥肌が立った。

「や、や、やめろ！　なにするんだ！」

肩を摑んでいた指を振り払う。僕なんかより、ずっと大きな手だった。

「あはは。ゴメン、ゴメン。ビックリしたかな」

笑いかけるその人物の顔を見て、全身が凍りついた。

どうして……、という問いが、唇から思わず零《こぼ》れる。

すらりと高い背丈に、白化した珊瑚《さんご》みたいな白い肌。包容力のある大きな手には、
確かに見覚えがあった。

ウェイターっぽいベストとエプロンをしているくせに、ホストみたいに襟を大きく
開けた真っ青なシャツを着こんでいる。けれど。

見間違えるはずもない。七年経《た》っても、片時も忘れたことのない顔だった。

「兄ちゃん、大空兄ちゃん！」

「えっ……？」

「兄ちゃん、僕だよ。倫太郎だよ！」

きょとんとする広い肩を、背伸びして揺さぶる。

相手の困惑顔に、僕は怒りさえ感じた。

「覚えてないの？　もしかして記憶喪失？　っていうか、どうしてこんなところで店なんかやってるの？」

「えっと……」

「早く帰ろうよ、兄ちゃん！　おばさんもおじさんも心配してる！」

「待って」

ぐいっと肩を掴んで離される。

「残念だけど、ボクは、その〝大空兄ちゃん〟じゃない」

「記憶を失ってるんだ」

「どうしてそう思うんだい？」

「大空兄ちゃんの姿をしているからさ！　兄ちゃんの姿は、僕は絶対に見間違えない。ねえ、七年も帰ってこなかったのは、何か理由があるんでしょ？」

「……なるほどね」

納得してくれたんだろうか。偶然の僕との再会で、失われた記憶が蘇《よみがえ》ったとか。

しかし、次の言葉はその希望を完全に否定するものだった。

「その〝大空兄ちゃん〟は、七年経っても同じ姿なのかい？」

「あっ……」

そうだ。七年の歳月が過ぎているというのに、目の前の人物は、僕が最後に見た大空兄ちゃんと全く同じ姿だったのだ。

ではこの人は、大空兄ちゃんじゃないのだろうか。こんなに瓜二《うりふた》つなのに？

「別人だって分かってくれたみたいだね」

「……ああ」

「それじゃあ、改めて自己紹介をしようかな。ボクはフカミ。深い海と書いて深海《ふかみ》だよ。ヨロシクね」

深海と名乗る男は僕の手を取り、掬《すく》い上げた指先に口づけをしようとする。

「待て、待て、待て！」

僕は手を振り払った。

「あれ？　どうしたの？」

「それはこっちの台詞《せりふ》だ！　何しようとしてるんだ！」

「何って、挨拶《あいさつ》だよ」

そう言って、へらっと軽薄な笑みを浮かべた。

やっぱりこいつは兄ちゃんとは赤の他人の別人だ。大空兄ちゃんはこんなキザったらしい真似はしない。遠慮がちで儚《はかな》げなひとだったんだから。

「僕は」

「君の名前は知ってるよ。さっき名乗ってたもんね。よろしく、リンちゃん」

「り、リンちゃん……!?」

絶句してしまう。そんな僕を、深海はじっと見つめた。

「それにしても、この感じ、もしかすると……」

「な、なんだよ」

思わず後退する。しかし深海は「まあ、確証はないけど」と言ったきり、顔を逸《そ》らしてしまった。

「それにしても、入り口のベルが鳴らなかったとはねぇ。やっぱり拾いものはこまめに手入れしてあげないとダメかな。可愛い女の子をひとりで待たせちゃうなんて」

「お、女の子!?」

「ゴメンね、リンちゃん。お詫《わ》びとして、ひと品サービスしちゃおう」

笑顔で手を差し伸べるのを、僕は思いっきり叩《たた》いてやった。

「こらっ」

「い、痛いよ、リンちゃん。どうしたの？」

「僕は男だ！」

「えっ」

深海はまじまじと僕を見つめる。

まさか一日に二回も女に間違えられるとは。というかそもそも〝倫太郎〟は、女子につける名ではない。

「……本当に男の子？」

「本当だよ」

「こんなに可愛いのに？」

「頬をつっつくのをやめろ！」

僕の頬を触りまくる深海の人差し指を追い払う。

「リンちゃんの頬っぺた、サケビクニンみたいに柔らかいね」

「わけのわからない喩《たと》えもやめろ」

そのサケビクニンとやらがもし褒め言葉だとしても、ちっとも嬉《うれ》しくない。

「まったく。どうして女に間違われるかな」と僕はため息をついた。

「可愛いから仕方ないんじゃないかな。ほら、こんなにぱっちりした目で、睫毛《まつげ》だって長いし」

「具体的に指摘するな！」

何が哀しくて初対面の相手に怒鳴らなくてはならないのか。ぐったりしていると、深海は僕の身体をくるりと回れ右させた。

「とにかく、お客さんなんだし席について。どこがいい？ 窓が近い席かな」

「じゃあ、そこで」

窓のすぐそばの席を案内された。

それにしても、窓の外の風景は奇妙なものだった。上下左右に果てが見えない。水槽がとにかく大きいのだ。しかしこんな巨大水槽が、ビルの屋上になんか収まるものだろうか。

そもそも魚が少ない。水族館の生態系は大抵密集しているものだけど、ここの水槽は大きいせいか、魚たちは実に自由に泳いでいた。本当に海の中にいるみたいだ。

そこで、ふと思い出す。

「あ、でも。店の名前って〝海底二万里〟じゃないんだ？」

質問の意図が通じたらしく、「ああ」と深海は相槌《あいづち》を打つ。

「口が欲しかったのさ。人間とコミュニケーションを図るには、お喋《しゃべ》りが一番だし」

確かに、この男はよく喋る。そして常識というものがちょっと欠けている。初対面の客を相手に旧知の仲のように話すあたり、図々《ずうずう》しいけれど大物かもしれない。

一方、記憶の中にある大空兄ちゃんは物静かな人だった。基本的に話題を振るのは僕の役目。でも、こちらが話しかけると、決まって笑顔を返してくれた。

席に着くと、目の前にメニューが出される。

「さ、好きなのを選んで」

「……得意げなところを悪いんだけど、僕にはシーフードカレーとシーフードオムライスとシーフードパスタしか見えない」

「そうだよ？」

「そうだよ、じゃないよ。たった三品しかないじゃないか！」

「カレーとオムライスとパスタがあれば、大抵の人間は満足するんじゃないの？」

さも当然のように言う。

「まあ、そうかもしれないけど……。でも、全部シーフードじゃん。それにドリンクメニューがないし」

「飲み物はシーウォーターのみかな」

「海水!? 海水を飲めっていうの？」

「海洋深層水。ほら一時期流行《はや》ったでしょ」

「あ、ああ……」

「表層は化学物質の汚染が進んでいるからね。そんなのお客さんに出せないよ。それに深いところにある水は、ミネラルが豊富なんだ」

なぜか自慢げな深海に、「そうか……」としか言えなかった。

「真水が良ければ、真水にするけど」

「もうどっちでもいい……」

そもそも真水ってなんだ、真水って。普通に〝水〟って言えばいいのに。というかカフェってもっと、ドリンクが充実しているものじゃないのか？

「で、何を食べる？」

「シーフードパスタ」

「了解。ご注文承ったよ、リンちゃん」

「その、リンちゃんってのヤメロ」

深海は分かっているのかいないのか、キザなウインクを返してよこす。

やっぱり軽薄だ。顔がいいから売れっ子ホストみたいな雰囲気を醸し出しているし、一連のキザなポーズは女子に向ければ大ウケなんだろうけど、男の僕にやっても果てしなく意味がない。それどころか、この他人の空似のナンパ男のせいで、僕の中の物静かな大空兄ちゃん像が音を立てて崩れていった。

大空兄ちゃんはウインクなんてしない。記憶の中で儚げに微笑む姿が、深海のナンパなゆるい笑顔で塗り潰《つぶ》されていく。ものすごく腹立たしい。

「もう、勘弁してくれ……」

落ち着いたカフェの雰囲気に反して、店員はでたらめだった。見たところ、店にいるのは深海だけのようだ。そうなると彼がマスターなんだろうか。

メニューの上に〝海底二万哩《マイル》〟の箔押《はくお》しの文字と、潜水艦のシルエットが描かれていた。見れば見るほどヴェルヌの小説に出てくるノーチラス号にそっくりだ。

ノーチラス号は五十ノットの高速で進む。大きく強く、イッカクの角みたいな尖頭《せんとう》で戦ったりもするスーパー潜水艦だ。尤《もっと》も、カフェに戦闘能力は必要ないけれど。

「さっき一品サービスするって言ったけど、パスタもサービスしてくれるわけ？」

「もちろん」

「パスタしか頼まないから、ただでごはんを食べることになるけど」

「いいよ」

深海はあっさりと承諾した。本当にそれでいいのか。

店内にはやはり、僕以外の客はいない。入り口が中途半端な位置にあるせいだろうか。どう見ても閑古鳥が鳴いているが、深海は無垢《むく》な笑みを浮かべたままだ。

こんなので経営が成り立つわけがないじゃないか。商売のことなんて詳しくない高校生の僕にだってわかる。

「パスタの代金払うよ。それより、サラダとかパンもメニューに加えたら？　あと、海洋深層水以外のドリンクも。そうすれば、もっとお客さんに喜ばれるんじゃない」

「ああ、なるほどね！　アドバイスありがとう、リンちゃん」

「だから、リンちゃんはやめろってば」

「とにかく、ボクはパスタを用意してくるよ。待っててね、リンちゃん」

「だから、……もう」

深海はさっさと奥に引っ込む。

抗議なんて聞いちゃいない。天然なんだろうか。何度訂正しても無駄なのかもしれない。僕はもう、ありのままを受け入れることにした。

「店はいい雰囲気なんだけどな」

窓の向こう側で、クラゲが気ままに泳いでいる。僕も何もかも忘れて、ああやって泳ぎ回りたいものだ。

「もし、兄ちゃんと来られたら……」

海が好きな兄ちゃんのことだから、きっと喜ぶに違いない。「素敵なところだね、倫。ところで、あの魚を知ってるかい？」って、ガラスごしに見える魚の名前を一つ一つ言い当てていたかもしれない。

なんだか急に、胸が押しつぶされるような感覚に襲われた。

「リンちゃん、お待たせ。海洋深層水だよ」

深海がやってきた。兄ちゃんの顔で、兄ちゃんがしたことのないような緩い笑顔を浮かべている。

「淡水の方が良かったら、こっちにしてね。こっちは真水だから」

グラスを二つ並べて、深海は言った。

「淡水って。僕は魚じゃないんだから」

「人間は浸透圧を気にしたりしないの？」

「しないよ。深海だってしないだろ」

「…………」

間。

ややあって、「そうだね」と微笑んだ。

このカフェ、やっぱり変だ。カフェというか、主に深海が変だ。

訝《いぶか》しげな視線を向けるものの、無警戒な眼差《まなざ》しに全て受け流されてしまう。

しかし、仮にもサンシャイン水族館のテナントだ。本当に怪しい業者は入れてもらえないだろう。そう思いながら窓の外に視線を移した途端、僕は目を疑った。

巨大な影が過ぎる。

目だ。真っ黒な影とぎょろりと光る目が、大きな窓を塞《ふさ》いでいる。

「あ、あ、あれ……」

「ああ、クジラだね」

深海はあっさりと言った。

「クジラ⁉」

「マッコウクジラだよ。ほら」

ゆるりと細められた目が、静かに窓から離れる。影の全体像が明らかになった。おでこが出っ張ったクジラだ。僕を十人くらい並べてようやく頭から尻尾《しっぽ》まで届くだろうかというくらいの、ふざけた大きさだった。

クジラは巨体を器用にくねらせて、優雅に旋回する。

「マッコウクジラは一時間も呼吸を止めていられるんだって。すごいよね。だから、海の奥深くにも潜れるんだ」

深海は感心したように言った。

「いやいやいやいやいやいや」

「どうしたの、リンちゃん」

「おかしいだろ！　ここ、サンシャイン水族館だよな⁉　池袋の！　ビルの屋上だぞ！　あんなのが収まるわけないだろ！」

「何の話？」

深海はきょとんとしていた。

「大きさの話だよ！　ビルの屋上にマッコウクジラなんて置けるか！　そんなでためな水族館、聞いたこともないぞ！」

「ああ」と深海は納得したように相槌《あいづち》を打つ。

「ここは水族館じゃないよ」

「はぁ？」

「海なんだ」

耳を疑う。ついに聴覚がおかしくなったのかと思う。小指を耳の中に突っ込んで、詰まっていたものをほじくり出し、もう一度聞いてみた。

「……海？」

「そう。海の中」

聞き間違いではなかった。

何を言っているんだ、この男は。

経営どころか接客すら危うい店員。変な場所にあるガラガラのカフェ。ビルの屋上で飼うスケールではないクジラが悠々と泳ぐ水槽。そして、先程の「海」宣言。

おかしい。何もかもがおかしい。

「あれ、どこに行くの。リンちゃん」

「トイレ」

手洗いを装って脱出を試みる。

もしこれが夢ならば、一刻も早く現実に戻りたかった。現実世界の僕は、サンシャイン水族館のベンチで眠っているのかもしれない。

「トイレはそっちじゃないよ」

無視。ひたすら出口へと歩を進める。

「リンちゃん、ちょっと待って」

「うるさい」

深海の制止を振り切り、ドアノブに手をかけた。

ここから出れば、あの賑《にぎ》やかなサンシャイン水族館に戻れる。この奇妙な夢から醒《さ》めることができるんだ。そう思って扉を開き、一歩踏み出そうとした。

しかし、そこに待っていたのは、果てしない青だった。

「えっ……？」

海。どこからどう見ても海。扉を開いたそこに、どっしり質感をもった海がある。

正確に言うなら海中だ。ただひたすら群青が広がっていた。

信じられなくて思わずつつく。感触はゼリーのようだ。やけにプヨプヨしている。

「どういうことなん――」

だ。と言い切る前に、僕は指先から吸い込まれた。

「――っ！」

「リンちゃん！」

ごぼっと体内の酸素が泡になって漏れる。

目の前を、先程のマッコウクジラが過ぎる。

大きな口。僕なんてひと呑《の》みだ。裂け目のように開いた内側に、鋭い歯がずらりと生えている。

絶体絶命。

その瞬間、僕の身体は強い力で引き寄せられた。店の扉が勢いよく閉められ、青い世界は視界から消えた。

「ごめん、ごめん。出る時はボクが開けないと、ちゃんと繋がらないいんだよね。大丈夫、リンちゃん？」

「あ、え……、あれ？」

「可哀想に。すっかり気が動転しちゃって。でも、もう怖くないからね」

深海は母親が子供にするみたいに、ずぶ濡《ぬ》れの僕をぎゅっと抱き寄せる。

「こ、こらっ！」

僕は慌てて押しのけた。

「いきなり何するんだ！　っていうか、濡れるだろ！」

深海のベストもエプロンも、濡れねずみの僕を抱いたせいでびしょびしょだ。

「別にいいのに。リンちゃんは優しい子だね」

「そ、その、リンちゃんって……」

やめろ、という気力は残っていなかった。その場にへなへなとへたりこむ。

「ど、ど、どういうことなんだよ！」

扉を開けたら、そこは海でした。なんて、シャレにならない。

「そのまんまの意味さ。このカフェは、海と陸の世界を繋《つな》げているんだ」

「言ってることの意味が全然分かんない」

「体験したままのことなんだけどなぁ」

深海は肩を竦《すく》める。

つまりはこういうことだ。僕はサンシャイン水族館から、カフェ〝海底二万哩《マイル》〟へやってきた。けれど店から出ようとしたら海中だった。窓の外に見える景色もまた、水槽なんかじゃなくて本物の海だった。

なるほど、さっぱり分からない。

「やっぱり、夢を見てるのかな……」

「大丈夫。リンちゃんはちゃんと起きてるよ」

項垂《うなだ》れる僕の頭を、深海がぽむぽむと撫《な》でる。

「起きててこれなら、大丈夫じゃないよ……」

ありえないことだ。でも、現実に起こってしまった。それをどう処理したらいいのか、僕には皆目見当がつかなかった。

「うーん。

「とにかく、せめて、サンシャイン水族館に帰りたい……」

「うーん。せめて、パスタを食べてから帰って欲しいな」

「食べる食べる。パスタだろうがカレーだろうが何でも食べるから、帰してくれ」

「分かったよ。リンちゃんがそう望むなら」

深海はすっと立ち上がる。湛《たた》えた笑顔が寂しそうで、罪悪感に胸が痛んだ。

そういえば、この奇妙なカフェにひとりでいるなんて、彼は一体何者なんだろう。兄ちゃんと同じ顔で、全く違う表情をする人物を見つめ返す。

「……せっかく、会えたと思ったのにな」

「え？」

ひとりごとのような呟《つぶや》きに疑問符を投げるが、それに答えることなく、深海は思い出したようにこう言った。

「そうだ。忘れるところだった。リンちゃんがここに来たってことはさ」

「うん？」

「リンちゃんは――」

そのとき縦穴の洞窟《どうくつ》に光が射す。背後の扉が開かれる音がした。

「わぁ、なにここ。素敵……」

女の人の声だ。振り返ると、スーツ姿の若い女性が遠慮がちに入って来るところだった。彼女は僕らを見つけるなり、目を丸くする。

「あ、ごめんなさい。……お取り込み中、でした？」

「ううん。いらっしゃい。席に案内するよ」

深海は柔和な笑顔を向けた。ああ、女子受けしそうな顔だ。

案の定、女の人ははにかんで、恥ずかしそうにうつむいた。

「さ、お手をどうぞ」と、深海は手を差し伸べる。

「えっ、ちょ、その……」

「どうしたの？　君のそのユノハナガニのように白い手を貸して欲しいな」

「そ、それじゃあ」

喩《たと》えが意味不明だ。

女の人はそっと手を差し伸べる。

「えっと、ここって喫茶店かと思ったんですけど、そういうお店なんですか？」

「そういうって？」

「その、ホストクラブっていうか……」

言い得て妙だ。こんな接客、喫茶店ではまずやらない。

「違うよ。喫茶店さ」

深海は動じない。「ほら、リンちゃんもおいで」と僕を招く。

「この子、リンちゃんっていうんですね。えっと、妹さん？」

悪気ない一言が突き刺さる。本日三回目。新記録を絶賛更新中だ。

深海は「ううん」と首を横に振った。

「君と同じ、お客さんだよ」

「女ってところも否定しろ」

「あ、ごめん。女の子に見えるけど、実は男の子みたい」

「フォローになってない！」

怒鳴る僕を、女の人は微笑ましげに見つめていた。「可愛らしいですね」という呟きが漏れたのも聞き逃さない。もう今すぐ扉を開けて海中にダイブしたかった。

女の人が近くの席に案内された。僕は濡れて貼《は》りつくジャケットを脱ぎながら、自分の席へと向かった。

「なんか、疲れてるみたいだね」

深海は女の人の肩をそっと抱く。こらこら、そんなに気安く触るんじゃない。顔も近づけるな。女子を誑《たぶら》かそうとするな。

深海のホスト攻撃に、女の人は赤らんだ頰を隠すようにうつむいた。

「そ、そうでしょうか」と消え入りそうな声で答えるが、ゆっくりと顔を上げた。

「いえ、そうですね。ここのところ飲み会が続いてて……」

困ったように笑う。控えめで地味な印象の女性だった。スーツは皺《しわ》もなく清潔感に溢《あふ》れているけれど、深海が言うように、少し疲れた感じだった。

「飲み会か。付き合いが大変みたいだね。二次会まで参加すると、帰りが遅くなるっていうし。――でも、あんまり無理しちゃ駄目だよ、ミカちゃん」

「えっ……？ やだ、どうして私の名前を知ってるんですか？」

「首から提げてるのに、書いてあったからね」

深海は社員証を指し示す。

「あ、ホント。やだ、恥ずかしい……っ」

女の人――ミカさんは、社員証をジャケットのポケットに突っ込む。

「はい、メニューをどうぞ。ミカちゃんはどれを食べたい？ この時間だとランチってところかな？」

「そのミカちゃんっていうの、やめてください。なんかムズムズするので……」

そうは言うものの、満更でもなさそうだ。表情が少しばかり緩んでいる。

「〝ミカちゃん〟は嫌？　それじゃあ、なんて呼ぼうか。——ミカ？」

深海はぐいっと顔を近付ける。低くてやけに甘ったるい声に、ミカさんは「や、やめてくださいっ」と顔を両手で覆う。耳まで真っ赤になっていた。

「あほくさ……」

兄ちゃんと同じ顔をした男のナンパな態度を見ていられず、そっと視線をそらす。

ミカさんは僕と同じパスタを頼んでいた。

「大体どのくらいで出来ます？　私、お昼休みが終わる前に、会社に戻らなきゃいけなくて」

「大丈夫。五十ノットで作ってくるから」

深海はキザなウィンクをした。ミカさんはまた悶《もだ》えていた。

五十ノットは時速九十二キロメートル強。海中であれば、かなりの速さだ。

深海はそれを実現する素早さで、シーフードパスタを二皿持って戻ってきた。

「はい、お待たせ。こっちはリンちゃんの分で、こっちはミカちゃんの分だね」

「わ、美味《おい》しそうですね。いただきます」

「……いただきます」

フォークに絡めてパスタを頬張る。さっぱりとしている上に塩が利いていて、なかなか美味しい。ミカ
味はまともだ。

さんは携帯端末を取り出すと、パスタの皿を角度を変えて何度も撮っていた。

「よく撮れてるね」と、背後から深海が声をかける。

こらこら、女の人の後ろから馴《な》れ馴《な》れしくスマホの画面を覗《のぞ》き込むな。お前のパーソナルスペースはどうなってるんだ。

「へぇ。実物見るよりも、ずっと美味しそう」

「そ、そんなこと、ないと思いますけど」

「いつもこんな風に撮ってるの？」

「ええ。あとでブログに上げようと思いまして。写真を撮るのが好きなんです。だからつい、こうやって」

ミカさんはカメラを構えるみたいな仕草をする。手前で筒状のものを動かすようなジェスチャーをしてみるが、そこには特に何もない。

「そっか。楽しんでもらえて何よりかな。ところでさ――」

「はい？」

「ミカちゃん、身体だけじゃなくて、気分もサガり気味なんじゃない？　元気がないのは飲み会以外にも原因がありそうだね」

深海に指摘され、ミカさんの表情が曇った。

「ええ、実は……。今年、社会人になったばかりで慣れないことをしてるから、その気疲れだと思うんですけど……」

「ああ。新入社員か。スーツもおニューだしね」

「はい……」

「でも、原因は気疲れだけでもないと思うんだ」

深海は腕を組んで唸《うな》る。

「何か心当たりがあるんですか？」と、ミカさんが乗り出す。

すると、深海は至極真面目な顔でこう言った。

「もしかしたら、心が欠けているからなのかも」

「心が……？」

「そう。心にハマっていたピースが欠けているから、満たされない。だから疲れるんだ。きっとそのピースは君の宝物だったはず。無くしてしまったのか、棄《す》ててしまったのか……」

深海は一人で考え込む。ミカさんは首を傾げるばかりだ。

「よ、よくわからないけど、そのピースを取り戻せば、元気になれるのでしょうか」

「そうだね。君は、ヒカリキンメダイみたいなひとだから」

その喩《たと》えはよく分からない。ミカさんも反応に困っていた。

「でも、どうやって……」

「大丈夫。ボクに任せて」

深海は屈託なく笑う。

「心の海に沈めてしまった宝物、ボクが必ず見つけ出すから」

そっとミカさんの頭に触れる。今度はホストの手つきではない。母親や父親がするみたいに優しく撫《な》でている。

不安そうにしていたミカさんの顔が、ふっとほころんだ。

「それじゃあ、お願いしてよろしいでしょうか」

「うん。五十ノットで見つけてくるよ」

深海は決め台詞《ぜりふ》さながらに言い残して、テーブルを離れた。

「どうするつもりなんだ？」

僕は問う。深海は笑顔でこちらを振り向いた。

「言った通りのことをするのさ。ミカちゃんが手放した宝物を、見つけてくるんだ」

「どうやって」

「うーん。説明するのが難しいな」

次の瞬間、深海は閃《ひらめ》いたと言わんばかりに目を輝かせた。

「そうだ。リンちゃんも来てよ。百聞は一見に如《し》かずっていうでしょ？　それに、ひとりで行くより、ふたりで行った方が楽しいし」

まるで遠足前夜の子供みたいに、深海は微笑んだ。

「行くって、どこへ」

「彼女の、心の海の中さ」

わけがわからない。でも、気にはなる。

深海はミカさんに「ちょっと待っててね」と断ると、さっさとエントランスに消えてしまった。僕も慌ててそれを追う。

「海の中に行くって……。潜水服を着なくても大丈夫なのか？」

「大丈夫」

「僕、素潜りなんてしたことないぞ」

「平気、平気」

深海は緩く笑うと、ノブをひねり、扉を開く。

「ま、待ってくれ。まだ心の準備が……！」

背中を押されて、思わず目をつぶる。あの、水に呑《の》まれる感覚を覚悟したが、予想に反して何も起こらなかった。

「リンちゃん。目を開いて」

言われた通りに瞼《まぶた》を開けると、そこはサンシャイン60ビルの麓《ふもと》だった。商業スペースであるサンシャインシティの入り口があり、その隣にはオシャレで幅広なスペイン階段が続いている。何度も見た風景だ。

しかし決定的に違うところがあった。全てが、青で彩られていたのである。

深い青が何処までも続く。遥《はる》か頭上では、太陽の光がゆらゆらと揺らめいていた。

僕は確信する。ここは、海の中だ。

「どういうこと……」

「これが、心の海さ」

「心の……海？」

サンシャイン60ビルが丸ごと、海の中に沈んでいる。

ちらちらと雪のような白いものが舞う。ここが本当に海だというのなら、きっとこれはマリンスノーだ。

「信じられない……。夢でも見てるみたいだ」

「ほら、ご覧よ。リンちゃん」

深海に促されて視線を動かす。

その時、目の前にぬっと長細い影が現れた。「ひえっ」と悲鳴が漏れる。

やたら長く平べったい銀色の物体が、こっちに向かって泳いでくるところだった。

「い、一反木綿」

「違うよ。リュウグウノツカイさ」

深海はさらりと言う。

リュウグウノツカイは、真っ赤な背びれをゆーらゆらと揺らめかせていた。わずかな光が銀の身体に反射して、きらきらと光っている。

「魚……なのか？　厚みが全然ないぞ。やっぱり銀紙でつくった一反木綿の亜種なんじゃないか？」

「失礼な。アカマンボウ目リュウグウノツカイ科。立派な魚だよ！」

深海は頰を膨らませてみせる。その傍らを、リュウグウノツカイがぎょろりと見開いた目で通り過ぎた。こわい。

トサカみたいな背びれの一部はやたらと長くなっていて、手招きするみたいに揺れている。更にこわい。

「人魚のモデルになったっていう説もあるんだ。普段はもっと深いところにいるんだけど、たまに昇って来るんだよ。オキアミとか甲殻類を食べるのさ」

「人魚のモデルって……マナティじゃないのか？」

「モデルは一人って、誰が決めたんだい？」

謎の理屈を述べつつ、深海はウインクをする。

リュウグウノツカイは、ゆったりとした動作で僕らの周りを旋回すると、やがて、興味を失ったように遠ざかっていく。

僕は心底安堵《あんど》した。あんなに薄っぺらいギョロ目の人魚に助けられたら、王子様も白目を剝《む》いて卒倒しそうだ。

よく見ると、他にも生き物がいる。小さなイカやエビが、ぴょこぴょことあっちこっちを泳いでいた。

「さて、いつまでもリュウグウノツカイに見とれてないで、先へ進もうか」

「見とれていたわけじゃないぞ。断じて」

深海に釘《くぎ》を刺す。一歩進むと、ぶわっと真っ白な泥が舞った。そんな泥の上を、バスケットボールほどの真っ赤な球体がごそごそと歩いている。長くて黒いとげがいっぱいついていて、お近づきになりたくない風貌《ふうぼう》だ。

「あれはオーストンフクロウニだね」と深海。

「う、ウニ⁉　ウニってもっと小さくなかったか？　ほら、掌《てのひら》に載るくらいの」

「あの子達とはちょっと違うんだ。フクロウニはあの子達みたいな硬い殻を持たなくてさ。袋っぽいんだよ。触ってみる？」

「無理無理無理無理。袋状のところを触る前に、刺されるから！」

首を必死に横に振って辞退した。

「……とにかく、ここが海だっていうのは、紛れもない事実みたいだな」

「分かってもらえて嬉《うれ》しいよ。ちなみに水深二百メートルくらいかな。ミカちゃんの宝物、この辺にあるはずなんだ」

「水深、二百メートル……」

遥か頭上の太陽の光を見上げる。地上まで、あの二百メートル走のトラックほどの距離なのか。そんな中、僕と深海は潜水服もつけず、地上にいる時と変わらない様子で過ごしている。

「心の海と、実際の海は違うからね」

まるで僕の心を読んだかのように、深海が言った。

「やっぱり、夢を見てるみたいだ……」

もう、何度目かになる台詞を吐く。とにかく現実だとは思えない。けれど、この夢から醒《さ》める術《すべ》を、僕は知らない。

周囲を見回しても人影はなかった。誰もいないサンシャインは、廃墟《はいきょ》みたいだ。開いたままの自動扉から施設の中へと侵入する。わずかに射していた太陽の光が遮断され、いよいよ視界が暗くなった。

「本当は、ちょっと気が引けるけど、リンちゃんが転ぶといけないし……」

深海は遠慮がちにそう言うと、エプロンのポケットから何かを取り出した。

ライトだ。スイッチを入れると、赤い光がぼんやりと辺りを照らす。

「どうして赤いんだ？」

「深い海の生き物はね、赤い光を感知しない子がほとんどなんだ。何せ、そこまで赤い光が届かないからね」

「つまり、灯《あか》りがあっても赤なら刺激が少ない、と」

「そういうこと」

深海はウインクをする。いや、それは要らない。

広い通路の床も、泥が堆積《たいせき》していた。

そこに真っ白な人が半分埋まっている。ギョッとしたが、よく見るとマネキンだった。ヒトデのような生き物が、マネキンの顔に張り付いている。

見れば、あちらこちらに珊瑚《さんご》が生えていた。血塗られたみたいに真っ赤だ。ライトで照らされると、つるりとした光沢が現れて、表面のなめらかさを物語っていた。

「あれはアカサンゴだね。宝石珊瑚って言われてる種類さ。他にもシロサンゴっていう子やモモイロサンゴっていう子がいるんだ。人間の世界では、宝石として取引されてるみたい」

「あ……。テレビで見たような気がする。乱獲が問題になってるんだっけ」

「そうそう。綺麗《きれい》なのは分かるし、見て楽しむためなんだろうけど。でも、獲《と》り尽くしちゃったらいなくなっちゃうんだ。そこのところ、考えて獲って欲しいな。まあ、本当は触らずそっとしておいて欲しいんだけど」

「……深海《ふかみ》ってさ」

「うん？」

「いや。なんか、海の生き物みたいだなって思って。その言い方が」

「うーん。みたいっていうか、そのものっていうか」

それはない。と言いたかったけれど声にならなかった。深海の表情があまりにも真剣だったからだ。

言葉を返せないまま、僕らは先へと進む。

服飾系らしき店の跡地には、レースの塊のようなものが揺らめいていた。

「あれはテヅルモヅルだね」

「すごい名前だな。繊細で綺麗なのに」

「近づいてごらん。よく見ると面白いよ」

深海はウキウキしている。近くで見ると、更に美しく見えるんだろうか。

「どれどれ……」

言われるままに近付いてみる。

レースというよりは、太めの幹から無数の小枝が分かれているみたいな構造だった。

先端が少しだけ丸まっていたりして、何だかオシャレだ。植物の類《たぐい》だろうか。

そう思いながら見ていると、白くて小さなものがふわふわと漂って来た。マリンスノーか、それとも微生物か。そいつの動きを目で追おうとした次の瞬間、テヅルモヅルが動いた。

一瞬のことだった。繊細な枝先がぐるりと白い物体を包む。さらに厳重に抱え込むかのように、枝分かれしていた先端が次々にくるくると丸まっていった。

「うわわわわ……」

鳥肌がぶつぶつと立つ。動きはまるで触手だ。丸まった触手は握った手みたいだ。無数の小さな拳《こぶし》が、太めの幹にくっついているようにしか見えない。

「わぁ、この子、元気だね」

ゆさゆさと動物的な動きをするテヅルモヅルを前に、深海は歓声をあげている。

「な、な、なんでそんなに嬉しそうなんだ！」

「元気なのはいいことじゃない」

「で、でも、こいつ、キ、キ、キモいよ!?」

「こら。ひとを指さしちゃいけません」

テヅルモヅルを指した人差し指を、深海にやんわりと押さえられる。

「ひとじゃないし！」

「ひとじゃなくてもキモいなんて言われたら、この子が傷つくでしょ！」

「う……」

そもそも、言葉が通じているんだろうか。

でも深海が必死なので、それ以上は食い下がらないことにした。

当の深海は「ごめんね、食事中に」なんて、テヅルモヅルに謝っている。

「それじゃあ、またね」

捕食に忙しいテヅルモヅルに手を振り、深海は歩き出す。

腑《ふ》に落ちなかったけれど、僕も深海に倣って手を振ってみた。

すると、まるでそれに応《こた》えるかのように、テヅルモヅルがゆらゆらと揺れた。偶然だろうか。でも、ちょっと可愛いと思ってしまった。

僕たちは奥へと進む。泥がどんどん深くなっているような気がする。歩く度に、白い靄《もや》を引きずっていた。

「なあ、どこまで行くんだ？」

「ミカちゃんの宝物があるところまで」

深海はあちらこちらに目をやりながら、あっさりそう答えた。

海の生き物たちにまじって、色々なものが落ちていた。泥に覆われたハードカバーの本や、魚の棲《す》み処《か》になった旅行鞄《かばん》、錆《さび》ついたブリキのおもちゃなんかもある。かと思えば、比較的新しそうな写真立ても。

元々ここにあったものではない。別の場所から流れ着いたもののように見えた。

「ミカちゃんはね、サンシャイン60ビルの中で働いているみたいなんだ」

「どうしてそう思うんだ？」

「昼休みって大体一時間くらいだよね。外でランチなら、席を確保するまでの時間と、オーダーをしてから届くまでの時間、食べ終わるまでの時間を考慮しなくちゃいけない。それに加えて水族館で気分転換をする時間を入れると、タイムリミットぎりぎりでしょ？　だから職場がサンシャインだと思ったのさ。移動時間がほぼないからね」

「なるほど」

「っていうか実は、あの首から提げてるやつを見たんだけど」

「ああ、そう……」

社員証のことだ。なんだ、鋭い推理に感心しかけて損した。

「でも、何を捨てたか分かるのか？」

「何となくね」

深海はガラクタを一つ一つ丁寧に眺めていた。この中に、ミカさんが捨てた宝物とやらが隠れているんだろうか。

「色んなものが落ちてるな」

「海の底にはね、地上で捨てられたものが沢山辿《たど》り着くんだ」

深海は無造作に転がるドラム缶を見やる。空き缶なんかも泥に埋もれていた。

「もしかして、川を下って……」

「そういうこと。生き物は海から生まれて海に還《かえ》るっていうけれど、生き物が生み出したものも海に辿り着くものなんだねぇ」

しみじみとした物言いだったけど、その背中は寂しげだった。思うところがあったのか、深海は立ち止まり、うずくまる。

「海の底は思い出の墓場なんだ。いい思い出も、悪い思い出も、みんな沈んでる」

「深海《ふかみ》……」

静かに海のことを語る深海は、やっぱり大空兄ちゃんによく似ている。

寂しそうな背中を元気づけたくて、そっと触れようとした、その時であった。

「見て見て、リンちゃん。ヌタウナギっ！」

深海はいい笑顔で振り返る。手にはウナギのような生き物を載せていた。

シルエットは、ほぼウナギだ。しかしディテールが違う。まず、つぶらな瞳《ひとみ》が見当たらない。あの特徴的な胸びれがなく、身体は皮を一枚剝《は》いだような肉っぽい質感だ。

そして口元には太く短いヒゲが生えている。

「う、ウナギ……？　それにしては、キモ……いや、不思議な形っていうか」

「名前はウナギだけど、分類は無顎《むがく》類。とても原始的な生き物なんだ。デボン紀までは仲間がいっぱいいたんだけどね。あっ、デボン紀っていうのは恐竜時代のずーっと前の、両生類が現れた頃の話なんだけど」

「そ、それじゃあ、そんな昔からこの姿なのか……？」

「深海《しんかい》では環境がほとんど変化しないからね。原始的な生き物も姿を変えずに生き残っているのさ。ほら、深海アイドルのシーラカンスなんかがそうでしょ？」

深海《ふかみ》は笑顔でそう言った。手の中ではヌタウナギが緩慢にくねっている。

「しかし、個性的な形だよな。確かに顎《あご》はないけど……」

ヒゲが周りに生えている、口らしき場所を突っつく。

「あ、そこは口じゃないんだ。それは外鼻孔っていう鼻の穴。匂いを感知するところだね。口はこっち」

深海がヌタウナギの頭をちょいと持ち上げてみせる。すると、鼻の穴の下にもヒゲに囲まれるようにして穴があった。

「奥にノコギリみたいな歯が生えててね、肉を削って食べるんだよ」

「随分とえぐい食べ方だな。生き物を襲って食べるようには見えないけど」

「まあ、食べるのは主に死体だしねぇ。大型生物の死体が沈むと、この子やらコンゴウアナゴやらがびっしり集まって……」

「うわぁ」

光景を想像するだに恐ろしい。

「見れば見るほど不思議な顔だよな。この口の奥に、肉を削るほどの歯が……ねぇ」

怖いもの見たさでヌタウナギの口に触れようとすると、いきなり深海が叫んだ。

「リンちゃん、下がって！」

「えっ」

反射的に飛び退《の》く。同時にぶわっとヌタウナギが何かを吐いた。頭は難を逃れたものの、指先にそれが絡みつく。ぬるぬるの液体だった。

「うわっ、な、な、なにこれ！」

「ヌタっていう粘液なんだ。ヌタウナギは危険を察知すると、そのヌタを吐いて敵を撃退するんだよ」

「それを早く言ってくれよ……」

指先を擦《こす》り合わせてヌタを落とそうとするけれど、全く取れる気配がない。それどころか、余計に絡まってきているように思える。

「頭からかぶらなくて良かったね。ヌタが口に入ると窒息するからさ」

「ち、窒息……」

ぞっとした。確かに、こんなものが器官に入ったら呼吸困難に陥りそうだ。

深海がそっと手を離すと、ヌタウナギはぬるぬると身体をくねらせながら、どこかへ消えてしまった。

深海と僕はガラクタを吟味しながら、先へ、先へと進む。

色んな人が捨てたものからミカさんの宝物を探さなきゃいけないなんて、骨が折れるどころの話ではない。でも、深海はある確信をもって、探しているようだった。

「ね、深海《ふかみ》ってさ」

「うん？」

「なんで女の人に、あんなに馴《な》れ馴《な》れし……いや、優しいんだ？」

言葉を選んでみた。しかし、察しが悪い深海はきょとんとしている。

「ほら、手の甲にキスしようとしたり、異常接近してみたり」

「ああ」と深海は手を叩《たた》く。

「今のボクは性別が〝男〟で見た目もいいから、そうした方が喜ばれると思って！」

堂々と言ってのける。

「見た目がいいって、まあ、そりゃそうだけど……」

あの大空兄ちゃんと瓜二《うりふた》つなのだから、当たり前だ。

それはともかく、深海の言いようはあまりにも無邪気で、どこかが少し変で、かといってナルシストとも思えなかった。違和感だけが僕の心に渦巻いてゆく。

「変なやつ」とだけ言い捨て、僕はその話題を締めた。

しばらく行くとサンシャインシティの中心、地下から三階までの大きな吹き抜けに辿り着く。そこも例に漏れず完全に水没していた。水中だから当然だけど、シンボルともいえる噴水は機能していない。噴出口は珊瑚《さんご》の塊にすっかり侵食されていた。

そんな廃墟《はいきょ》を、ガラス張りの天井から零《こぼ》れ落ちた光が、ほんのわずかに照らしている。そこにもガラクタの山が横たわっていた。珊瑚の間を魚がたくさん泳いでいる。小さなサメの姿もある。

「あっ」

深海は声をあげる。何かを見つけたらしい。

「どうしたんだ？」

「うん。気になるものが見えて」

深海は手すりをひらりと飛び越える。エプロンをはためかせながら、華麗に地階へ着地した。

「ほら、リンちゃんもおいでよ」

「い、いやいやいやいや」

僕がいるのは一階で、深海がいるのは地下一階だ。たった一階分とはいえ商業施設の天井は高い。下手に落ちたらただでは済まない。決して飛び降りていい高さではなかった。

「水の中だから浮力があるし、大丈夫。それに、ほら」

深海は笑顔で両手を差しのべる。

「ボクが受け止めてあげる」

「そ、それもなんか嫌だ」

広場に降りるエスカレーターがあったはずだ。ベルトは動いていないだろうけど、階段として使えるだろう。

急いでそちらに向かおうとした、その時である。

「リンちゃん、危ない！」

「えっ？」

吹きぬけに向けた手すりが途切れていた。床には罅《ひび》が入り、半壊している。そこに、立ち止まり損ねた僕の足がずぶりと踏み込んだ。

「わっ……！」

床がくぐもった音を立てて崩れる。僕の足は、崩壊した床の下へと吸い込まれていった。一階分の高さでも、たとえそれが水中であっても、瓦礫《がれき》と一緒に落ちたら大怪我をしてしまう。

けれど、僕の予想に反して、身体はゆるやかに落下する。海水の浮力が僕をふわりと包んだ。

「はい、リンちゃん到着」

僕の身体は、すっぽりと深海の両腕に収まっていた。完全にお姫様だっこ状態だ。

「怪我はないかい、お姫様？」

深海に顔を覗《のぞ》き込まれる。

身体に痛みはない。無傷だと分かると、急に恥ずかしくなった。

「お、おろせよ！」

「はいはい」

もがく前に、深海はあっさり僕を床へ下ろした。

「あ……、ありがと」

「どう致しまして」

にっこりと微笑む。なんだかその顔を直視できなくて、そっと目をそらす。

「で、見つかったのか？」

「うん。それっぽいものはね。モノは分かってたんだけど、場所が分からなくてさ。

でも、この子が教えてくれたんだ」

深海が指した方向に、アカサンゴがあった。その後ろで掌《てのひら》大の黒い魚が、顔をちょろっと出している。胸びれや背びれが透けて蝶々《ちょうちょう》の翅《はね》みたいだ。大きな目の下には半月状の白い模様が描かれていた。

「わっ、かわいい……」

「ヒカリキンメダイさ」

「これが？」

さっき、深海がミカさんを喩《たと》えた魚だ。

恥ずかしがるみたいにして奥へ引っ込む姿は、今まで見た怪しげな生き物よりも、ずっと可愛げがある。この子に似ていると言われたのなら喜んでもいいはずだ。

「でも黒いし、どこも光っているようには見えないけど」

「うん。今はちょっと、本気を出してない感じかな」

「なんだそれ」

そんなことを話しているうちに、ヒカリキンメダイは尾びれを向けて去っていった。なかなかにシャイな性格だ。

深海は「これだよ、これ」と、密集するアカサンゴを掻《か》き分ける。

「ミカちゃんの指先はすっかり乾いてた。あれは、ずっとパソコンのキーボードを打ってる指だね。内務で事務職。人間関係が内向きになって、付き合いを怠ると群れから仲間はずれにされてしまう。だから保身のために飲み会や食事会、その他諸々《もろもろ》の行事に付き合わなきゃいけない」

深海がミカさんの手を取っていたのを思い出す。あれは、彼女が置かれた環境を割り出すための情報収集手段だったんだろうか。

「ゆえに、自分の時間はほとんど持てない。彼女は趣味を持っていたけど、それもやめてしまった」

「家に帰っても、全然時間がないなんてあるか？」

「彼女の趣味はね、時間がそれなりに必要なんだよ。そして、家じゃなくて外でやるものだから」

「外でやるもの……？」

「リンちゃんは気付かなかったかな。ミカちゃんの仕草」

深海は片手で何かを構え、逆の手で筒のようなものを動かす仕草をしてみせる。ミカさんがさり気なくやっていた動作だ。

「あっそれ、もしかして写真を撮る時の……」

「そう。一眼レフのピントを合わせる仕草。つい癖が出ちゃったんだろうね」

「それじゃあ、ミカさんの捨てたものって、愛用の一眼レフ？」

「うーん。正確には――」

深海は珊瑚の中から一眼レフを掘り起こした。素人目でも分かる立派なものだ。まだあまり泥にまみれておらず、黒い光沢が残っている。まるで、ついさっき捨てたかのようだ。

「写真を撮るっていう〝趣味〟かな。外で撮影するのが、ミカちゃんにとって何よりも幸福な時間だった。でも、それを捨ててしまったのさ」

「……もしかして、仕事を始めたから？」

「そう。社内の面倒な人間関係を保つためにね。でも、あんまり賢明な判断じゃなかったかもね。だって彼女、すっかり光を失っていたからさ」

深海はエプロンの裾《すそ》で丁寧に、レンズについた泥を落とす。

「これ、返さないと。ヒカリキンメダイは、整った環境じゃないと光らないからね」

深海は一眼レフを大事そうに抱えながら、軽い足取りでその場を後にする。仕方なく僕もその背中を追う。

美しく佇《たたず》むアカサンゴが見送る中、僕らは広場を立ち去ったのであった。


気づけば〝海底二万哩《マイル》〟のエントランスに戻っていた。

水中を歩いたはずなのに、僕らの身体は全く濡《ぬ》れていない。

「あれ？　カメラはどうしたんだ？」

深海の手の中からは、一眼レフが消えていた。

「ああ。あれは〝写真を撮りたいという気持ち〟が、具現化したものなんだよ」

「写真を撮りたいって〝気持ち〟……？」

「そう。実体がないものだから、現世で姿を見せることはないんだ」

不思議な感覚だ。あの海の底では、確かに実在していたのに。

「でもあれを、ミカさんに渡すんじゃなかったのか？」

「渡すよ。そのために、とっておきのデザートを御馳走《ごちそう》しようと思って。手に入れた彼女の宝物と、ボクの愛情をたっぷり込めたやつをね」

深海は両手でハートを作る。しかも、とびっきりの笑顔とウインクつきで。

「そ、そっか。がんばれ……」

「あれ、どうしたの、リンちゃん。疲れた顔しちゃって」

「……いや、深海のノリについて行けなくて」

頼むから、大空兄ちゃんと同じ顔で女子力の高い仕草をするのはやめて欲しい。

兄ちゃんはそんなこと堂々とやったりしないし、無理矢理やらされたって、もっとこう、静かにはにかんで、小さなハートを指先で控えめに作ったりするはずなのだ。

「リンちゃん、今度は難しそうな顔をしてるけど」

「……いや、しなくていいことまで想像した自分に嫌悪しているだけ」

事細かに想像してしまった自分が嫌だ。

僕が席に戻ると、隣のテーブルでミカさんは携帯端末を弄《いじ》っていた。

「あ、リンちゃ……、じゃなくてリンさん」

ミカさん、いま明らかに僕をちゃん付けしようとしていた。

「早かったですね。宝物、見つかりました？」

「ええ、まあ」

僕は曖昧《あいまい》に濁す。早いと言われてびっくりして時計を見ると、針はまだ二、三分しか進んでいなかった。

やがて深海が、厨房《ちゅうぼう》の奥からやってくる。

手にしているのは、小さくて可愛らしいお皿に盛られたアイスだった。綺麗《きれい》な半球アイスの隣には、小さなアカサンゴが添えられている。心の海で見たアカサンゴよりも淡く、ピンクに近い色だけれど、きっとストロベリーチョコレートを加工したものなんだろう。

ミカさんの顔が綻《ほころ》んだ。

「わっ、かわいい！」

「シーソルト味のジェラートだよ。これは、ボクからのサービス」

「いいんですか？　ありがとうございます！」

早速写真を撮る。携帯端末での撮影とはいえ、ミカさんは活《い》き活《い》きとしていた。

「それじゃあ、頂きます」

やわらかなジェラートをスプーンですくい、ひとくち頬張る。

「んー」と漏れた声が、実に幸せそうだった。

「おいしい？」

「すっごく美味《おい》しいです！　優しくてさわやかな味で！　なんだか南国の浜辺にいるみたい！」

ミカさんはすっかり笑顔だ。

「いいなぁ。沖縄は今、どうなってるんだろう。やっぱり暖かいのかな。私、夏にばかり行ってたから、冬の沖縄が分からなくて」

「海を撮るのが好きなんですか？」

僕は思わず問いかけた。ミカさんが「はい」と頷《うなず》く。

「昼の海、夕方の海、夜の海。海にはたくさんの表情があるから。それをカメラに収めたくて、一日中、海にいたこともあって」

「すごいですね……」と、僕は素直に感心する。深海は隣でなんだか嬉《うれ》しそうだ。

「そうだ。私、写真を撮るのが大好きだったんだ。なんでこの気持ち、忘れてしまっていたんだろう……」

ミカさんは目を見開いた。何かがぱちんと弾けて、眠りから覚めたみたいに。

「写真を撮るの、また始めてみたら？」

深海が言う。ミカさんの顔に、一瞬だけ光が灯《とも》った。

「でも――」

すぐに表情が曇る。そこで深海は咳《せき》ばらいをした。

「折角だからリンちゃんだけじゃなく、ミカちゃんも深い海に招待しようか」

深海はパチンと指を鳴らす。

その瞬間、照明が落ちた。店内が真っ暗になり、何も見えなくなる。

「えっ、えっ？」とミカさんが戸惑う声が聞こえる。

「窓の外を見て」

深海の声に促され、先程まで海の景色が見えていた窓へと視線をやる。

窓の外もまた、闇で塗りつぶされていた。どこまでも続く黒。深い闇。そんな中、ぽつっと小さな燐光《りんこう》が灯る。

「あっ」と僕らは声をあげた。

一つ、また一つと光が増える。やがてそれは満天の星空のように広がった。海に広がる星々は、次々と現れては、流れるように視界の隅へと消えていく。時には頼りなく、時には力強く点滅しながら、闇の中をすいすいと泳いでいた。

「………わぁ」

暗闇越しに聞こえて来たのは、その感嘆だけだった。

僕も言葉を忘れていた。目の前の光景は、あまりにも現実からかけ離れていた。

「ヒカリキンメダイ。彼らは発光バクテリアを目の下の発光器で飼うことで発光してるんだ。発光器はくるくると反転できてね。それで点滅しているように見せてるってわけ」

「ヒカリキンメダイって、こんなに綺麗な生き物だったんだ……」

「そういうこと。可愛いだけが取り柄じゃないんだよ」

闇の中で、深海が微笑んだ気がした。

「ヒカリキンメダイはね、自分で光るけど、他者の光が苦手なんだ。ちょっとでも明るいと嫌がってね。ヒカリキンメダイほどじゃないだろうけど、人間もそうなんじゃないかな。明るい場所にばかりいると疲れちゃうでしょう」

「明るい場所にばかり……」

ミカさんは呟《つぶや》く。

ずっと無理をして、仕事関係の飲み会や食事会へ行っていた。たくさんの人と会って、たくさんお喋《しゃべ》りをしていた。そんな、他人の光に当たり続ける生活は、彼女には苦痛でしかなかった。

「人間も魚も、自分が適応できる環境にいるのが一番なのさ。だけど人間は独特の社会を持ってるから、それが叶《かな》わないこともある。そういう時は、ちょっとだけ適応できる環境へ行って、息抜きをするんだよ」

「そっか。私には、そういう場所が必要だったんですね……」

腑《ふ》に落ちたようだ。ところが、深海の話はそれで終わりではなかった。

「そう、ミカちゃんはヒカリキンメダイだからね。発光バクテリア、すなわち自分が光るために必要なものを外からガンガン取り入れて、ピカピカ光ってるのが最高なんじゃないかな！」

「ひ、光るって？　私、お魚みたいな発光器なんて持ってないですよ？」

「写真があるじゃない。ミカちゃんは、写真を撮る時に輝けるんでしょ？」

ぱっと店内の照明がついた。

窓の外には穏やかな海が広がっている。ヒカリキンメダイは姿を消していた。

明るくなった店内で、深海は微笑んでいた。懐の深い、優しい笑顔だった。

「写真……」

ミカさんは携帯端末に視線を落とす。

「また、やりたいな……。いろんな景色を、最高のかたちで写真に残したい」

「そう思うなら、やればいいんだよ」

「……だけど」

「両立が難しいなら、くっつけちゃえばいい」

深海は無邪気に提案した。

「くっつける？」

「そう。会社の人を趣味に引き摺《ず》りこんじゃうのさ。撮影旅行に行くんだ。美味しいごはんに綺麗な風景。きっとみんな、ついてくるよ」

深海の言葉に、ミカさんの瞳《ひとみ》が輝く。

「ミカちゃん。君が光ればみんなが寄って来る。だって君は、ヒカリキンメダイなんだから」

「……私は、ヒカリキンメダイ」

「そう。写真の撮れる環境が、ミカちゃんの一番の生息域だと思う。だからそこで、光ってみてよ」

深海の顔を初めてまっすぐに見て、「分かりました」と、ミカさんは笑った。

「私、やってみます！」

そう宣言したミカさんは煌《きら》びやかで、疲れた様子なんてもう吹きとんでいた。撮りたい、というミカさんの〝気持ち〟は、もう彼女の手の中に戻ったのだ。

たぶん、それは一眼レフの形をしていて……。

深海は、彼にしては珍しく、ただ黙って満足そうに頷いたのであった。

「御馳走《ごちそう》さまでした！」

深海が開いた扉の向こうへ、ミカさんの背中が颯爽《さっそう》と去っていく。

「ミカちゃん、海に行くって言ってたね」

「うん」

「何処に行くんだろう。沼津《ぬまづ》かな！」

「ぬ、沼津？ それって静岡県だっけ。別に、有名な観光地じゃないよな？」

「有名だよー。沼津のある駿河《するが》湾はうんと深いんだ。深海魚《しんかい》がたくさんいるんだよ！」

「二重の意味でディープスポットじゃないか……」

海といえば、お台場《だいば》か湘南《しょうなん》か熱海《あたみ》か。遠出をするなら沖縄か。せいぜい、その辺りだろうに。

「それにしても、何者なんだ？」

「うん？」

「深海《ふかみ》が、さ。この変なカフェといい、海に沈んだサンシャインといい、わけのわからないことばっかりだ」

「〝変なカフェ〟はひどいなー」

深海は子供みたいに口を尖《とが》らせる。

「ここはね、心の海に宝物を捨ててしまったひとだけが来られる、特別な場所なんだ。っていうか、そういうひとに是非来てほしい場所なんだよ、ね……」

「どういうメカニズムなんだ、それ」

「うーん。説明するのが難しいなぁ」

深海は困ったようにかくんと首を傾げる。その仕草は妙に幼くて、先程までの凛々《りり》しい男前とは別人みたいだ。

「あっでも、チョウチンアンコウみたいに誘《おび》き寄せてパクリ、なんてことはしないから安心してね！」

「敢《あ》えて言うな。不安になるから」

看板につられて入った身としては、洒落《しゃれ》にならない。

「……そうか。何か忘れていると思ったら」

「うん？」

「リンちゃんは、どうしてここに来たんだろうね」

屈託のない笑顔を向けられて、固まってしまった。

深海の言葉が本当ならば、僕もまた、心の海とやらに何かを捨てているはずだ。

「ねえ、リンちゃん。どうしてだと思う？」

深海がひょいと覗《のぞ》き込んでくる。僕はたまらず目をそらした。

「……分からない」

「そっかぁ。リンちゃんにも分からないのか。まあ、そんなもんだよね」

深海はこちらが拍子抜けするほど、あっさりと引き下がった。

ミカさんの時はあんなに食いついたのに、なんという温度差だ。……まあ、女子にだけ優しくする、天然ホスト的な経営方針なのかもしれないけれど。

ところが次の瞬間、深海は信じられないことを口にしたのである。

「じゃあ、これからじっくり、リンちゃんの宝物を捜してみればいいね！」

「じっくり……？」

「そう、じっくり。ボク、リンちゃんのことが気になるしさ。またココに来てよ」

ヒマワリみたいな底抜けに明るい笑顔で、ぐいぐい迫ってくる。大空兄ちゃんと同じ顔なのに、あのカスミソウみたいな清楚《せいそ》な儚《はかな》さは微塵《みじん》もない。

「ま、またって言われても」

「サンシャイン水族館にはよく来るんでしょ？　あそこからだったら、いつでも来られるよ。入り口のひとつだから」

「……入り口の、ひとつ？」

僕の心の疑問を見透かすように、深海は言葉を継いだ。

「そう。〝海底二万哩《マイル》〟はね。海に関する場所なら、どこにでも現れるのさ」

「いやー、でも入場料を払うの、きっついしー……」

カッコイイ台詞《せりふ》でキメてやったぜ！　と言わんばかりの深海を後目《しりめ》に、僕はリアルな感想を洩《も》らす。今日は特別な日だから奮発したけれど、高校生の小遣いで水族館通いは厳しい。なにしろ結構お高いのだ。

「それじゃあ、いいことを教えてあげる！」

「いいこと……？」

嫌な予感しかしない。

深海は大きく頷《うなず》いて、満面の笑みで答えた。

「そう。年間パスポート！」

年間パスポート。それはすなわち一年後の有効期限まで、水族館の入り口で提示すれば何度でも入場できるという、リピーターには夢のようなアイテムだ。

だが、ちょっと待て。それは今の僕には、これから一年ものあいだ深海に振り回されるのが決定してしまうという、悪夢へのパスポートのような気がしてならない。

「これでいつでも気兼ねなく会えるよね、リンちゃん」

大空兄ちゃんに生き写しの男は、名前にそぐわぬ眩《まぶ》しい笑顔を弾けさせると、両手でハートマークなんかを作ってみせた。

こうして、深海の卑怯《ひきよう》な顔と強引なノリに負けた僕は、サンシャイン水族館の年間パスポートを購入してしまったのである。

なお、この日から〝海底二万哩《マイル》〟のシンプルすぎるメニューには、〝南国ジェラート〟という名のデザートが加わった……らしい。

第二話
駿河湾ソーダ

Shinkai Cafe
20000 Leagues Under the Sea

僕の定期入れには、サンシャイン水族館の年間パスポートが常駐している。

常駐はしているものの、活用するのは躊躇《ためら》われた。しかし今日、覚悟を決めた僕は、学校が終わるなり池袋へと向かった。

ワールドインポートマートビルの屋上へ昇り、天下無敵のパスポートを見せてサンシャイン水族館の入場口を抜け、色とりどりの魚に迎えられながら青い照明に包まれた館内を往《ゆ》くと、そこに〝深海カフェ　海底二万哩《マイル》〟の看板がぽつんと立っていた。

レトロな立て看板だが、順路の途中に堂々と置かれているから気付かないわけがない。けれど看板どころか壁面にぽっかり開いた入り口にすら、反応する見学客はひとりもいないのだ。

「やっぱり、普通の人には見えないのか」

心の宝物を失くした者でないと、この店に入る資格はないらしい。

ということは、僕も何かを失ったんだろうけど、今のところ心当たりはなかった。

「……こんにちは」

扉を開くと、縦穴の洞窟《どうくつ》を連想させるエントランスが目に飛び込む。次いで、奥からぱたぱたと軽快な足音が近づいてきた。

「リンちゃん！」

「その、リンちゃんってのをヤメロ」

間髪を容《い》れずに指摘する。

現れたのは、凛々《りり》しい顔立ちに緩い笑みを浮かべた青年——深海だった。

黒いエプロンでびしっと決めた姿は、悔しいけど同性の目から見てもカッコいい。

なのに、笑顔だけは相変わらずヘラヘラと締まりがない。残念すぎる男なのだ。

「また来てくれて嬉《うれ》しいよ、リンちゃん」

「だーかーらー、そのリンちゃんってのは……」

ヤメロ、と言いかけて口を噤《つぐ》んでしまった。深海があまりにも嬉しそうなので。

「……なに笑ってんの」

「このお店って基本、リピーターさんがいないからさ。こうやって再会できるのは稀《け》有《う》なことなんだ。それに——」

「それに？」

ふと、深海が目を伏せるのが気になった。

「あ、ううん。何でもない！」

「……変なやつ」

今に始まったことじゃないけれど。

「宝物が見つかったら、店に入る資格がなくなるのか」

「資格がなくなるんじゃなくて、ここへ来る必要がなくなっちゃうんだよね」

そう微笑む深海は、どこか寂しそうにも見えた。

「ちょっと勿体《もったい》ないな。パスタは普通に美味《おい》しかったのに」

「仕方がないよ。元々、住む世界が違うし」

「なぁ。こないだ訊《き》きそこねたけど、深海って何者なんだ？」

「へ？　ボク？」

普通に会話しているけれど、神出鬼没の喫茶店を経営していたり、心の海とやらに宝探しに行けたり、深海はどう考えても普通の人間ではない、と思う。

「ボクはボクなんだけどなぁ」

「でも、普通じゃないだろ。海底人？　未来人？　じゃなければ魔法使いとか？」

「うーん。ボクは――」

深海が口を開いた時、べちっという音が入り口の扉の方から聞こえた。

「な、なんだ？　なんかぶつかった？」

「誰か来たのかなー」

深海は無警戒に扉を開けようとする。

「ま、待ったっ」

「どうしたの、リンちゃん」

「今の音、聞いただろ？　ノックじゃないぞ。鳥が窓にぶつかったみたいな音だったじゃないか」

「人間じゃない子がノックしたかもしれないでしょ」

深海は平然と言ってのけた。

「人間じゃない子って……、魚、とか？」

「うん」

「いやいやいや！　魚は扉ノックしないから！　きっとサメとかがぶつかったんだ」

「でも、ここって海中に実在しているわけでもないんだよね。カフェを〝知ってる〟子じゃないと、扉にぶつかることもないはず……」

「……なんだそれ。一体どういう仕組みなんだ」

話している間にも、べちっ、べちっと音は続いている。深海が言うように、ノックをしているようでもあった。

「はいはーい。今開けまーす」

緊張感のない声で、深海が入り口の扉を開ける。

果たしてどんな客が現れるのか。僕が全力で身構えていると。

深い青を背に現れたのは、赤くて小さな生き物だった。

掌《てのひら》くらいの大きさのそれは、室内に飛び込むなり、ふわふわとUFOみたいに空中を泳ぐ。クラゲみたいな動きで、スカートのような脚を動かす。

タコだ。

随分小さくて脚が短いけれど、全体的な雰囲気がタコのそれに似ている。とぼけた目つきで、頭についた耳状のものをしきりに動かし、宙をせわしく舞っていた。

「か、かわいい……」

思わずそう漏らしてしまうほどに、愛らしい姿だ。

「この子はメンダコっていうのさ。深海《しんかい》生物のカワイイ系アイドルってところだね」

そう胸を張った瞬間だった。メンダコが、深海《ふかみ》の顔にべちょっと貼りついたのは。

「どこへ参られたかと思えば、こんなところで油を売って！　探しましたぞ、主《あるじ》よ！」

「しゃ、喋《しゃべ》った！」

見た目に似合わぬバリトン。ナイスミドルな良い声だ。

「ちょ、前が見えないよ、セバスチャン！」

「セバスチャン⁉」

いかにも従者といった名前だ。しかし海でセバスチャンといえば、あのロブスターっぽいカニではないのか。

深海はメンダコのセバスチャンをべりっとはがす。よく見ると、僕が知っているタコよりも、吸盤がとても小さかった。

「おおーっと！　お客様がいらしたのですね。これは失礼を！」

セバスチャンは背筋を伸ばす——ような仕草で、全身をにょーんと伸ばした。タコに背筋は存在しない。

「お初にお目にかかります。私はセバスチャン。このお方に仕える——」

「執事です」と深海が添える。

「そう執事。って、いやいやいやいや」

セバスチャンは短い脚で、深海の頭をぺちんと叩《たた》く。

「痛っ」

「何を勝手に言ってるのですか！　私は執事などではなく——」

「いいじゃない。執事のセバスチャン。よく似合ってる」

「セバスチャンという名前も、あなたが勝手につけたものですがね！」

セバスチャンは、耳をぴこぴこと激しく動かして抗議する。勿論《もちろん》、そんなことをされても怖くはない。ただ可愛いだけだった。

「えっと、僕は来栖倫太郎。よろしく」

遠慮がちに右手を差し出してみる。するとセバスチャンは短い脚を載せてくれた。

「ふむ、倫太郎様ですか。礼儀正しい脊椎《せきつい》動物ですな。感心感心」

「ああ。若者とか人間とか陸上生物とかじゃなくて、そこから区別されるんだ……」

機嫌良さそうに目を細める無脊椎動物を見て、しみじみとしてしまった。

「で、さも当然のように喋ってるんだけど、どういうことなんだ？」

水族館や海に繋がるカフェとか、心の海とか、説明がつかないことが多すぎて麻痺《まひ》してきたけれど、さすがにタコが人語を喋るのは解せない。

セバスチャンと深海は顔を見合わせる。

「この子は、タコの妖精《ようせい》みたいなもんさ」

「ええ。そのようなものだと思って頂ければ」

深海の言葉に合わせてセバスチャンは目を細める。たぶん、笑っているのだろう。

「タコの……妖精……？ ……まあ、いいや。ツッコミ疲れてきた」

そもそも、タコと妖精が結びつかない。カテゴリーエラーを起こしている。

「それにしても、本当に吸盤が小さいんだな。小さい生き物を食べてるのか？」

セバスチャンの脚を失礼して、吸盤を見やる。大きい吸盤や小さい吸盤が、せめぎ合うようにして不器用な一列を描いている。

「我々はマダコと違って、吸盤を捕食に使わないのです」

「えっ、そうなの？」

「エビやゴカイを主食にしておりましてね。こうやって、泥に潜って探すのです」

僕の手の上で、セバスチャンは平べったくなってみせた。まるでスライムだ。

「捕食に使わないのなら、吸盤は要らないんじゃ……」

「海深くに棲《す》み始めた、祖先の名残かも知れませんな。一応、身体に泥を被せる時に使いますが」

セバスチャンは、ぴょこんと耳を立てる。

「棲んでるのが水深二百メートル以深の、光がほとんど届かないところだから、墨袋もないんだよね。だから、こんなことをしても墨を吐かれたりしないんだ」

深海がセバスチャンの耳を、ひょいとつまむ。だが、セバスチャンは身体をくねらせてするりと抜けると、再び深海の顔面に張り付いた。

「まったく！　おいたが過ぎますよ！」

「いたたたっ！　嚙《か》まないで、嚙まないで！」

「ああ……、広げた脚の真ん中に口があるのか」

報復を受ける深海を眺めながら、僕は新たにメンダコの特性を学ぶ。

「痛い、痛いってば。鼻はやめて鼻は！」

「な、なあ、セバスチャン。そろそろやめてあげたらどうだ？」

深海の悲鳴が涙混じりになって来たので、さすがに心配になる。セバスチャンを宥《なだ》めるために近付こうとしたら、爪先に硬いものが当たった。

「あれ？　なんだろう」

藻のようなものが絡んだそれを拾い上げる。よく見ると、透明なガラスのボトルだ。中に折りたたんだ紙が入っている。

「メッセージボトルかな」

「そのようですね」

深海もセバスチャンも小競り合いをやめ、床に転がるボトルに注目した。

「さっき扉を開けた時に入って来たのかな。リンちゃん、なんて書いてあるの？」

「うーん」

きっちりと締められた蓋《ふた》をなんとか開き、中の紙を取り出す。若干湿っているものの、ほとんど劣化していない。流されたばかりなんだろうか。

「宝物の地図かな」と深海。

「不幸の手紙かもしれません！　見るのはやめた方が良いのでは!?」とセバスチャン。

深海はポジティブすぎるし、セバスチャンはネガティブだ。

「多分、そういうのじゃないよ」と僕は紙を広げる。

紙は便箋《びんせん》だった。開いてみると、ただ一言、荒削りな文字でこう書かれていた。

――『これが届いたら返事をください』。

「返事も何も……」

リターンアドレスが書かれていない。返事のしようがなかった。

「忘れたのかな」

「そうかもしれませんし、何か意図があるのかもしれませんね。返事を下さい、さもないと――と続いてませんか？」

セバスチャンがつぶらな瞳《ひとみ》で迫ってくる。渋い声と併せるとシュールだ。

「セバスチャンは、どうしても不幸の手紙にしたいの？」

「いやいや。私は何かと用心深い性格でして。もし、主のお客様に不幸の手紙の呪《のろ》いが降りかかるというのなら、不肖セバスチャン、その呪いを、あの忌々《いまいま》しいダイオウイカどもめになすりつけて参りましょう！」

「気持ちは嬉《うれ》しいけど、何でダイオウイカなのさ」

「連中、立派な触腕にごつい吸盤を持ってましてね。私には、それがどうも自慢しているようにしか！」

セバスチャンは双眸《そうぼう》をきゅっとつり上げる。完全に私怨《しえん》だ。

「吸盤が小さいこと気にしてたのか……」

捕食に使わなくても、見た目は重要なのか。今更ながら悪いことをしてしまった。

「大丈夫だよ。ただ、返信先を書き忘れただけだから」

深海は、手紙をひょいと僕の手から奪う。

「悪い感じはしない。むしろ、これは大事なものだね。誰かの宝物だ」

「えっ。それってミカさんの時の一眼レフカメラみたいな……？」

「そう。宝物の方が店に辿《たど》り着くこともあるんだよ」

手紙を眺める深海の眼差しは優しかった。指先で、記された一言をそっと撫《な》でる。

「ねえ、リンちゃん。これ、送り主に返してあげよう」

「えっ？」

「それに送り主を見つけられれば、その場で返事できるし。一石二鳥でしょ？」

深海は屈託なく微笑む。そこへ「こらー！」とセバスチャンが割り込んだ。

「いけません！ 地上に出るおつもりですか！」

かなりの剣幕だった。双眸をぎゅーっとつり上げ、耳も脚も抗議するようにくるくる動かしている。

「大丈夫だよ。平気、平気」

「平気じゃありません！ 高濃度の酸素も、ぎらぎらした紫外線も、あなたにとって毒なんですから！」

「そうなのか、深海？」

僕の問いに、深海はちょっと困った風に笑った。

「多少苦手なだけだよ。セバスチャンは心配性だから、こんなに慌ててるけど」

「あるじー！」

「本当に大丈夫。屋外には出ないようにするし、心の海を経由していくからさ」

深海はにっこりと微笑み、セバスチャンの頭を撫《な》でた。くるくる回していた耳と脚が大人しくなり、セバスチャンはすーっと床の方へ沈んでいった。

「しかし、主《あるじ》に何かあったら、私は……私は……」

「自己管理くらい、ちゃんとするってば。だから、そんなに平べったくならないで」

潰《つぶ》れた目玉焼きみたいになったセバスチャンを、深海はそっと抱きかかえる。

「それに、リンちゃんがいるしね」

「えっ、僕？」

「ボクが迂闊《うかつ》なことをしそうになったら、リンちゃんが止めてくれるよ。リンちゃんのツッコミ力は素晴らしいからね！」

「な、なんだよ、そのツッコミ力って！」

セバスチャンは僕の方を見ると、深海の腕からのこのこと這《は》い出してきた。

「そうですね。見たところ、しっかりしたご様子でいらっしゃる。うちの主を頼みましたよ、リンちゃん様」

「リンちゃんは名前じゃない！〝ちゃん〟と〝様〟で敬称が重複してる！　そして

僕は倫太郎だ！」

「すごい。三段ツッコミだ！」

深海は目をキラキラさせている。セバスチャンも感心したように、「これなら主を任せられますね」と頷《うなず》いていた。完全に、保護者の役割を期待されている。

「それに返すって言っても、相手がどこにいるか分かってるのか？」

「うーん。そこが問題なんだよね」

深海は改めてボトルに目をやる。僕もそれに倣った。

「藻がたくさん絡んでるな。このままじゃ髪の毛が生えてるみたいで不気味だし、洗っておいた方がいいかも」

「いいや。リンちゃん、これは藻じゃないんだ」

髪の毛がわさわさ生えているように見えるボトルを手に、深海が言った。

「藻じゃない？」

「そう。海綿の一種さ。これは根っこの方かな。植物じゃない、動物なんだ」

「動物⁉」

でも目も鼻も口も、手も足も見当たらない。綿というくらいだから、やっぱり植物なんじゃないだろうか。

「植物って光合成をしてるでしょ？　でも海の深いところへ行くと、太陽の光が届かなくなる。すると、どうなると思う?」

「光合成ができなくて、植物は生きてられなくなる?」

「そういうこと。テヅルモヅルとかウミユリとか、植物っぽい子は他にもいる。でも、彼らも動物なんだ。棘皮《きょくひ》動物っていって、ウニやナマコの友達なんだよ」

「じゃあ、この海綿も?」

僕の言葉に、深海がうなずいた。

「海綿は原始的な多細胞生物って言われてるね。身体の造りがすごく単純なんだ」

「まあ、複雑そうには見えないけど」

植物のような動物か……。テヅルモヅルは、よく見たらなかなかに怖かったけれど、海綿は無害なオーラを出している気がする。海の中ではきっと、ふわふわゆらゆらとしているんだろう。キワモノが多い深海だけど、そんな姿に癒されるかもしれない。

「ちなみに、この深い海の海綿は肉食性だよ」

「こわい!」

癒し系という幻想は無残に砕け散った。

「肉って。こんな身体で何をどうやって?」

「プランクトンを、体表にある無数の孔《あな》から取り込んだ」

「……うわぁ」

思わず顔をしかめてしまった。テヅルモヅルとあんまり変わらなかった。

「海の深いところって、わけが分からない生き物ばっかりだな」

「深海《しんかい》生物側から見たら、君達の方がわけが分からないと思うけどね。海綿なんて、こんなに分かりやすい姿をしてるのに」

「いや分かんない。すごくよく分かんない」

僕はぶんぶんと首を横に振った。ボトルを手にした深海《ふかみ》が思案げに唸《うな》る。

「付着しているのが深い海に棲む海綿かぁ。植物の類《たぐい》は見られないし、かなり深いところにあったのかも」

「メッセージボトルを流したところから、深い海に辿り着いてしまったってこと？」

「うん。どこの海だろう……」

成り行きを見守っていたセバスチャンが、ぬるっと身を乗り出す。何かを見つけたようだった。

「主、リンちゃん様、ここに何かいますよ！」

短い脚で器用に海綿をめくる。すると、ぴゃっと何かが飛び出した。

「エビだ！」

そう。それは小さなエビだった。腹びれを必死に動かして空中を泳いでいる。

「サクラエビだね。海綿に摑《つか》まってたのかも」

桜とはよく言ったもので、身体が透き通ったピンクがかっていた。

「サクラエビはね、普段は深い海にいて、夜になるとプランクトンを食べに海面に集まるんだよ。そこを狙《ねら》ってサクラエビが大好物の深海《しんかい》生物もやってくるんだ」

「へぇ……。そういえばサクラエビって、静岡の名産品だっけ？」

「うん。静岡県の駿河湾で沢山獲《と》れるんだよ。他にも獲れるところはあるけれど、駿河湾は特に多いね」

「じゃあ、もしかして」

「そういうこと」と深海《ふかみ》はウインクをしてみせた。

「このボトルは、駿河湾から来たのかも」

「ふぅん……。もしかして、この前言ってた沼津の？」

「そう！　覚えていてくれて嬉《うれ》しいよ、リンちゃん！」

深海が抱きつこうとするので、両手を突き出して丁重にお断りをする。

「ひどいや、リンちゃん！」

「男と抱き合う趣味はない」

大空兄ちゃんと同じ顔でもごめんだ。

深海は気を取り直すように、咳払《せきばら》いをする。

「駿河湾はね、港から船でちょっと行っただけで、水深六百メートルを超える海域に出られるんだ。最深部は二千五百メートルなんだけど、そこにだって船で数時間で辿《たど》り着いてしまうんだよ」

深海は、自分のことのように胸を張った。

「駿河湾は起伏が激しい地形ですからね。漁場の水深からして二百メートルから六百メートルだったりするんです」

セバスチャンが付け加える。

「かくいう私も、あの地域の漁師には世話になりましてね。いやぁ、網にかかった時は死ぬかと思いました」

「捕獲されたんだ……」

「しかも奴ら、ひとのことを臭いとか、まずいからさっさと捨てろとか言いまして。まるでゴミ屑《くず》のように海に投げ捨てたんですよ!? くーっこの屈辱、この恨ミ、晴ラサデオクベキカ……!」

深海はそんなセバスチャンを「まあまあ」と宥《なだ》める。

「食べられなかっただけ良かったと思いなよ。一口食べて『うえっ、まずい』って吐き出されても困るでしょ」

「それは万死に値しますね。食べるからには最後まで食べて頂かなくては!」

セバスチャンは大真面目に頷く。

これから海の生き物が食卓に出た時は、残さず食べようと僕は心に決めた。まあ、海産物じゃなくても残さないのが一番なんだけど。

「メンダコが美味《おい》しいか不味《まず》いかはともかくとして」

深海が話を戻す。

「ボトルがあった大体の場所は絞れたし、あとはこの子に聞いてみよう。宝物の落とし主のもとへ、きっと導いてくれる」

そう言って、片手に海綿付きのボトルを抱え、もう片方の手を僕に差し伸べる。

「さ、行こうか」

「……やっぱり僕も行くのか」

「うん。メンバーは多い方が楽しいし。それにリンちゃんと一緒にいたいしさ」

遠足前の子供みたいに無邪気な顔をしている。

「なんだそれ……」

行こ、と差し出された深海の右手を、僕は左手で握り返した。

大きな手だ。その感触は大空兄ちゃんの手によく似ていた。やけにひんやりして、きめが細かくて綺麗《きれい》な手だ。ただし、深海の手は生命力に溢《あふ》れているけれど。

昔はこんな風によく手をつないだっけ。小さかった僕が転ばないように、大空兄ちゃんは歩調を揃えてゆっくり歩いてくれた。

「ありがとう、リンちゃん」

深海は微笑む。

「どうして礼を言うんだ？」

「ついて来てくれるのが嬉しいからさ」

「別に。ついてくくらい、大したことじゃない。それに……楽しかったから。前に心の海へ行ったとき、不思議な生き物をたくさん見たし、ミカさんの嬉しそうな顔も、見られて良かったし」

ぼそぼそと呟《つぶや》く。すると深海はますます笑顔になった。

「……リンちゃんは優しいねぇ」

「そのリンちゃんって言うの、やめろってば」

「ふふ、いいじゃん。似合ってるし」

「不本意極まりない」

けれど、深海にリンちゃんと呼ばれても、悪い気はしなくなってきた。

こうして僕らは再び、心という名の深い海へと向かった。


「白っ」

ライトで照らされた風景を見た時の、第一声がそれだった。

ここは心の海。

まるで濃霧に包まれたみたいに、辺りは真っ白だった。

「泥が舞っていますね。慎重に歩かなくては、右も左も分からなくなりますよ」

セバスチャンはふわりと水中を泳ぎながら忠告する。しばらく立ち止まると、巻き上げられた泥が再沈澱《ちんでん》し、白く煙った視界が幾らか開けてきた。

「ここも、水深二百メートルくらいの海なのか？」

「ううん。ミカちゃんの海より、もっと深いかな」と深海は答えた。

「それにしても随分と濁ってるね。泥だけが原因じゃないみたいだけど」

「どういうこと？」

僕が問うと、深海はすっと目を閉ざした。

「心の海全体が、不安で震えている。きっと水の濁りは、それを表しているんだ」

「不安……か」

少し肌寒い。これも不安のせいなんだろうか。

僕の頭の上に、のしっと何かが載った。セバスチャンだった。

「リンちゃん様」

「敬称の重複はやめて。どっちかにしてよ」

「では、リン様」

「う、うーん」

どうもしっくりこない。

「それはともかく」と、セバスチャンは忠告した。

「お気を付け下さい。我々は心の海に慣れていますが、リン様は慣れていないので。このセバスチャン、必要とあらばタコの手をお貸ししましょう！」

そう言って、太くて短い脚をぴょっこりと持ち上げる。マッスルポーズをしているみたいだった。

「そうだね。辛《つら》くなったらボクらに言うんだよ。おんぶしてあげるから」

「おんぶは勘弁してほしいかな……」

深海の言葉にゲンナリする。

僕は周りを見回した。どこかの施設のようだが、見覚えの無い場所だった。

受付のような場所や、待合室と思《おぼ》しき長椅子《いす》がずらりと並んだ部屋もある。廊下は広く、部屋がいくつもあった。

「病院……？」

「そのようだね。それぞれの部屋に標識がある」

深海が指さした扉には〃内科　診察室〃と書かれていた。扉は固く閉ざされて、開く気配もない。当然、人の気配もないけれど。

「まあ、病院は不安と安心が混ざり合う場所だからな」

「そうなんですか」と、僕の呟きに頭上のセバスチャンが相槌《あいづち》を打った。「私は生まれてこのかた、病院の世話になったことがないので」

「まあ、そうだろうね……」

メンダコの具合を診るのは人間の病院じゃない。水族館だ。たぶん。

「ボクもないなぁ」

深海がのんびりと言った。病院に通う必要がないほど健康なのはいいことだ。けれど深海のそれは、セバスチャンと同じニュアンスのように聞こえた。

本当に、彼は何者なんだろうか。

大空兄ちゃんと同じ顔の男は、未知の洞窟《どうくつ》を探検するみたいに、しげしげと辺りを見回していた。病院という施設がよほど物珍しいのか。水に沈んだ廃病院は、どこにでもありそうな平凡な造りなのに。

「心の海がこの姿ってことは、メッセージの送り主は病院関係者かな。患者かお医者か、看護師さんかは分からないけど」

「ミカさんの時と同じじってことか」

前に潜った女性の心の海は、池袋サンシャインの風景だと一目瞭然《いちもくりょうぜん》だった。それは彼女の生活圏がサンシャインの周辺にあったからだ。けれど今回、海に沈んだ風景はどこなのかよく分からない。僕が知らない場所だった。

「どこの病院かが分かれば、場所が特定できるんだけどな。住所や病院名が書いてあるものを探そうか」

僕の提案に、深海は眉尻《まゆじり》を下げる。

「うーん。それよりも、ボクはこの濁りが気になるんだよね。……あと、これも」

「これ？」

深海が指さしたのは病院の柱だった。一部が砕け、破片が泥の中に埋まっている。

「ひどいな……。何があったんだろう」

それだけではない。待合室の奥では長椅子がひっくり返って、真ん中からへし折られている。自然に壊れたものでないことは明らかだった。

「……誰が、こんなことを」

「もしかして」と深海は思案げに呟く。

その時だった。「二人とも、隠れて下さい！」とセバスチャンが叫んだ。

「どうしたんだい」

「あちらから、何かが来ます！」

セバスチャンの短い脚が、ぴっと奥の廊下を指す。

暗がりから、大きな影がぬっと現れた。僕らの方に向かって、それはゆっくりとやってくる。

「あれは……」

深海の顔にも緊張が走る。「やっぱり」と呻《うめ》いた。

「リンちゃん、早く隠れて。椅子の下がいい。とにかく上に何かを被《かぶ》って、身体を覆い隠すんだ！」

「えっ。あ、わ、わかった！」

深海にぐいぐい押され、待合室の長椅子の下へと隠れる。小柄な身体が幸いして、僕は楽に入れたけれど、背の高い深海は苦戦していた。

「ど、どうしよう。肩がつっかえてるんだけど！」

「主《あるじ》、私が押しましょう！　えいっ、えいっ！」

セバスチャンも健気《けなげ》に頑張るが、深海の肩に張り付いているようにしか見えない。

「深海、反対側の手を出して！」

セバスチャンとは反対側から、僕がひっぱる。すると、ゴリッという痛そうな音と共に、深海の身体が椅子の下に潜り込んだ。

「うう……。肩がすごく痛い」

「ご、ごめん。なりふり構ってられなくて」

「いいんだよ。ありがとう、リンちゃん……」

礼を言う声が涙ぐんでいた。

深海の潜った付近が狭いので、セバスチャンは僕の方にやってきた。小さい身体をそっと抱き寄せる。

「何が来るんだ？」

「あの大きさからして、多分……」

「イタチザメだ」

深海の言葉と同時に、その姿が明らかになった。

ぬっと登場したのは、ずんぐりとした大きなサメだった。頭の方が太く、尾びれに向かって細くなっている。その身体には、うっすらと縞模様《しまもよう》が描かれていた。

サメは悠然と僕らの横を過ぎる。半開きの口に、鋭い牙《きば》がずらりと生え揃っていた。

イタチザメは僕より断然大きい。呑《の》み込まれたら、すっぽり入ってしまいそうだ。

「出てはいけません。絶対に、ここから出てはいけません……」

セバスチャンが呪文のように呟《つぶや》く。僕が声をあげぬようにと、短い脚が口を塞《ふさ》いだ。

気持ちは有り難いけど、生臭いしぬるぬるしてるし塩っぽい。

息を殺してイタチザメが過ぎるのを待つ。いつもは騒々しい深海も無言だった。

待合室を緩やかに旋回して、サメは再び奥へと向かった。このまま去ってくれと願ったその時、巨体の動きが止まったような気がした。

目前には、ひっくり返った哀れな長椅子があった。イタチザメはぎらりと牙を光らせて、長椅子めがけて猛攻する。

ぶわっと泥が舞いあがり、長椅子のパイプがひしゃげる音が響いた。泥のベールの向こうでは、白目を剝《む》いて長椅子を嚙《か》み砕《くだ》く狂乱のイタチザメの姿があった。

思わず椅子の下でセバスチャンに抱きつく。セバスチャンもまた、耳をぴんと立てて短い脚を僕に絡ませてきた。

ばりばりぼりぼりと、ものすごい音を立てながら、長椅子はイタチザメの口の中で藻屑《もくず》と化す。いや、日の当たらない海の底だったら、藻はいないから海綿屑になるんだろうか……。

やがて気が済んだのか、イタチザメはゆるりと奥へ帰って行った。その姿が見えなくなってしばらくしてから、僕はようやく長い息を吐いた。

「あー、怖かったー」

「私も身体が縮むかと思いました……」

「深海は大丈夫？」

セバスチャンを頭に載せながら、椅子の下から這《は》い出して深海に近づく。

すると微動だにしない深海が、神妙な声でこう言った。

「リンちゃん。長椅子ちゃんに抱かれて動けないから、無理矢理どかしてくれない？」

「ああ。イタチザメを怖がってたんじゃなくて、身動きが取れなかったんだ……」

長椅子を持ち上げ、深海の救出活動を開始する。

「おいたわしや。このセバスチャンも、お手伝い致しましょう！」

セバスチャンは、べちっと長椅子の脚に張りついた。

「も、持ち上げようとしているのですが、上手くいきませんね！」

「……いいよ、僕がやる」

水の浮力のお蔭《かげ》で、椅子は軽い。あんまり力のない僕でも楽にどかせた。

「助かったぁ。同じ体勢で固まってたから、身体がバキバキだよ」

深海は肩や首を鳴らす。緊張感がない深海のお蔭で、恐怖はずいぶんと和らいだ。

「すごいな。まさか長椅子を食べるなんて……。これ、骨組みは鉄だぞ？」

哀れな椅子の残骸《ざんがい》を見下ろす。へし折られていた長椅子も、えぐられた柱も、全部イタチザメがやったんだろうか。

「イタチザメは沿岸に住んでるんだけどね。水深三百メートルまで潜れるみたい」

「深海生物ってわけじゃないけど、深海にも来ちゃうのか。マッコウクジラみたいなものかな」

「そういうこと」と深海が頷《うなず》いた。

「彼らは特製のソナーを持ってますからね。頭部にあるロレンチーニ器官で生き物の微弱な電気を捉《とら》えるんですよ。それで真っ暗な深海《しんかい》でも捕食できるんです」

セバスチャンは僕の頭の上で震えていた。

「そっか。だから椅子の下に潜れって言ったんだ」

「ええ。私一人なら、ささっと泥の中に潜ってしまうんですけどね」

「でも、僕と深海《ふかみ》は無理だなぁ」

まず穴を掘るところから始めなくてはいけない。当然、そんなことをしているうちに、イタチザメにバリバリと食べられてしまうだろう。

「無事で良かった。イタチザメは何でも食べちゃう子だから、産業廃棄物だって車のナンバープレートだって、生き物じゃなくても何かあると気付いたらペロリなんだ」

「悪食だな……。お腹壊すぞ！」

消えたイタチザメに向かって悪態を吐《つ》く。

「それで、どうするんだ？　あんな生き物がいると、おちおちと探索も続けられない」

深海に問う。彼はじっと、イタチザメが消えていった方向を眺めている。水の濁りが酷《ひど》くて奥まで見通せない。

「うーん。でも、こっちが気になるしなぁ」

「お、おい。イタチザメとまた会ったらどうするんだ」

「だからこそ気になるんだよ。あの子達、水が濁ったところが好きみたいだから」

深海はにんまりと笑った。

「あ、主。まさか……」

セバスチャンが震える。僕も、言わんとしていることは理解できた。

「イタチザメの跡をついて行ったら、この濁りの原因に辿《たど》り着くと思うんだ。そうすれば、メッセージの送り主のことも分かると思う」

深海は手紙入りのボトルを大事そうに抱える。確信に満ちたいい表情だ。

「い、イタチザメの跡を……尾行するだって？」

「うん」

「もし、見つかったらどうするんだ！」

「隠れながらついて行こう。それで見つかったら逃げればいい。病院の中は障害物が多いし、すぐに隠れられるよ」

「そ、それはそうだけど」

深海はこうと決めたら譲らない性格だ。反対は早々に諦《あきら》めた。

「仕方ありませんね。しかし、お二人に危険が及びましたら、このセバスチャン、遠慮なく泥の中に沈めますよ！」

セバスチャンは、短い脚をぷりぷりと動かしてみせる。

「分かった、分かった。セバスチャンの手を煩わせないように、自分の身は自分で守るようにするよ」

「そうして頂けると、私も身が縮む思いをしなくて済みますがね」

セバスチャンはつんと胸を張る。胸なんてないけど。

「リンちゃんが危なくなったら、ボクが何とかするからね。安心してよ」

「あ、ああ……。ありがとう。僕も自衛するように努力するけど」

「もし、リンちゃんに危険が及んだ時は——」

「時は？」

「ボクがおんぶして逃げるよ」

深海はどうしても僕をおんぶしたいらしい。

「……それだけは勘弁してくれ」

もうこうなったら、イタチザメに見つからないよう祈るしかない。

僕は深海とセバスチャンと一緒に、建物の奥を目指したのであった。

濁った水の向こうにイタチザメの尾びれが見える。揺らめく姿は幽霊が手招きしているみたいで不気味だ。まあ、幽霊の手にしては随分と大きいけれど。

「やっぱり視界がどんどん悪くなるね。リンちゃん、はぐれないようにね」

「ああ、気をつける」

セバスチャンを頭に載せ、泥の中を慎重に歩く。一歩踏み出すたびに膝《ひざ》のあたりまで沈んでしまう。それを引き抜いて前に進むので精一杯だ。

「あっ、見て」

泥の中を平然と進んでいた深海が、泥に埋まりかけた寝台を指す。

傾いた寝台の下に、丸い拳《こぶし》くらいの魚が鎮座していた。つるんとした顔面に離れた目。半開きの口がちょっと間抜けで可愛らしい。

ただし、微動だにしない。しかもこちらをじっと見つめている。

「こ、こっち見んな」

それでも魚は、熱い視線を送ってくる。

「ボウズカジカだね。この子は、もっと深い海の水圧にも耐えられるんだよ」

「へぇ、見た目によらずというか……。水圧って、かなりなもんだろう？」

「水深十メートルで、指先あたり一キログラムくらいの水圧がかかるね」

「指先二つだと、上に小さい米袋を載せられた重さになるってことか」

そんなの支えられっこない。たった十メートルで、そこまで負荷が増えるなんて！

「でもね、ここは実際の海じゃない。心の海の住民じゃないリンちゃんには、水圧なんて関係ないんだけど」

言われてみれば、ミカさんの一件で訪れた場所と今の場所、水深が違うらしいのに体感は一緒だ。

「本当に深いところだとね、水が入ったペットボトルがくしゃくしゃになっちゃうのさ。そんなところで生き延びるには、どうすればいいと思う？」

「硬くなる……のか？」

「そう。それも一つの方法だね。けれど、手段はもう一つあるんだ」

「私がヒントですよ、リンちゃん様！」

僕の頭の上で、セバスチャンがふるふると身体を揺すってみせる。頭の上で水が入ったビニール袋が動いているみたいだった。

「そっか。柔らかくなるんだ。変形して身を守るんだな？」

「ピンポーン。大当たり！」

深海は満足そうに笑った。

「よくできました」

「な、撫《な》でるな……！」

頭上にはセバスチャンが載っているので、おでこを撫でられた。あまりにも中途半端だし、撫でられて喜ぶ歳でもない。

「ほら。さっさと進もう。イタチザメを見失っちゃうだろ」

「そうだね。早く追わないと」

かすかに見えるイタチザメの尾びれを追う。

夢中になって泥の中を進んでいると、深海がこう呟《つぶや》いた。

「そうそう。心の海に潜る時はね、水圧以外のものに注意しなくちゃいけないんだ」

「えっ」

「それは心への負荷さ。ひとの心の奥深くに潜ることになるから、負担も大きい。特に、潜る方はね」

「心への……負荷……」

泥に覆われた真っ暗な病院を見回す。

「でも、こうやって潜っていくうちに、少しは慣れるだろうからさ」

その言葉にハッとする。深海が僕を連れ回しているのは、単に人手が欲しいからという理由ではなかった。

深海のカフェ〝海底二万哩《マイル》〟には、心の宝物を落とした人しか辿り着けない。そこへ迷い込んだということは、僕もどこかで大事な宝物を失くしているのだ。

今の僕は自分が何を失ったのかも分からないけれど、見当がついたら例に漏れず、深海は僕の心の海へも出掛けるつもりなのだろう。当事者である、僕を連れて。

「そっか」と僕は曖昧《あいまい》に相槌《あいづち》を打つ。深海の気遣いがむず痒《がゆ》くて、気付かないふりをしてしまった。

「あれ？」

廊下の十字路に辿り着いた時、深海が素《す》っ頓狂《とんきょう》な声をあげる。

「ごめん。見失っちゃったかも」

「えっ？　まずくないか？」

「うーん。もう、目視で判断するしかないかな」

つまりは、どの道がより濁っているかを、目で感じろというのである。

「主がお喋《しゃべ》りに夢中になるから、いけないんですよ！」とセバスチャンは呆《あき》れ声だ。

「そういうセバスチャンだって、話に聞き入ってたくせに。身体がずーっとこっちに傾いてたよ」

「そりゃあ、気になりますとも。主がリンちゃん様にご無礼を働かないかと」

「いつの間にか、リンちゃん様に戻ってないか……？」

「申し訳御座いません。どうしてもこちらの方が、収まりが良いもので」

この主にして、この執事ありと言ったところか。セバスチャンもなかなかに頑固だ。

僕らは三人で三方向を睨《にら》む。どの通路も、同じに見えた。

不意に、ぐいぐいと背中を押される。

「なんだよ、深海。どれだか分かったのか？」

「え？　どうしたの、リンちゃん」

深海は僕の隣にいた。両手を組むようにして、三つの通路を前に首を傾げているところだった。

「あれ……。それじゃあ」

頭のセバスチャンが震えている。背筋にひんやりとしたものが過《よ》ぎった。

「リンちゃん、伏せて！」

深海の手が、セバスチャンごと僕の頭を鷲摑《わしづか》みにする。泥の中に顔面を沈められたのと、頭上を何かとてつもなく大きなものが掠《かす》めたのは、ほぼ同時だった。

「うえっ、げほっ、ごほっ！」

泥の中に潜んでいた小さなエビが逃げていく。僕の頭があった位置に、あの冷酷な目をした殺し屋が浮かんでいた。

「い、イタチザメ！」

「ぎょぎょぎょー、なんたること！」

頭上のセバスチャンは、とっさに後頭部へと姿を隠す。

イタチザメは僕をねめつけていた。何処から食べたら美味《おい》しいかと思案しているんだろうか、それとも何口で食べられるかと計算しているんだろうか。逃げようにも恐怖で身体が動かない。

「リンちゃん、こっちだ！」

深海が僕の手をとる。

「走るよ。セバスチャンを抱いて！」

「わ、分かった」

振り落としてしまいそうなセバスチャンをしっかりと抱き、走る深海について行く。早い。僕は何度も泥に足を取られているのに、深海はそんな素振りを全く見せない。僕はもうほとんど、引き摺《ず》られているも同然だった。

「迂回《うかい》できるルートがあったのかも。危なかった。あと少しで、リンちゃんの可愛い顔がばりばり食べられるところだったね！」

「た、助けてくれてありがとう……」

「どう致しまして」

深海は白い歯を見せて笑った。こんな時なのに、無駄に爽《さわ》やかだ。

「ところで、どこへ向かっているのですか？」

腕の中でセバスチャンが問う。

「ご覧。この辺りの柱や壁もひどい。きっとイタチザメにやられたんだ。この辺がイタチザメのホットスポットってわけ！」

深海はボロボロな周囲を示してそう言った。イタチザメの悪食の痕《あと》は、待合室の時よりもずっと短い間隔で存在していた。

「だから、ここまで来ればもう、イタチザメを追わなくても大丈夫！」

「逆に、イタチザメに追われてるけどなっ」

イタチザメの牙《きば》が、僕の脇腹をかすめる。間一髪だった。

「ひっ」

「リンちゃん、大丈夫？　内臓はみ出してない⁉」

「ギリギリでね！　でも、全然視界が利かなくて……！」

イタチザメから逃れようにも、そもそも隠れる場所が見つからない。辺りはすっかり白く染まっていた。

「発信源が近いからかな。ほら、こっち！」

深海が何かを見つけたようだ。目を凝らすと、泥のベールの向こうに扉が見えた。

イタチザメが体当たりをしたのか、大穴があいている。

その中から泥によく似た〝濁り〟が、煙みたいにゆらりと這《は》い出していた。

「まさか……」

腕の中のセバスチャンは息を呑《の》んだ。

「主《あるじ》、リンちゃん様！　申し訳御座いません！　不肖セバスチャンはここまでです！

主はくれぐれもお気をつけて！」

「えっ、セバスチャン！」

ぬるりと僕の腕から逃れ、セバスチャンはひとり泥の中へと潜る。あっという間の出来事だった。

イタチザメは真後ろまで迫っていた。悪食の暴君が大口を開けるのと、深海が壊れた扉を開けるのは、同時だった。

さあっと視界が明るくなる。清潔すぎる白い壁と、消毒の匂いが僕らを迎えた。

イタチザメは消えていた。風が頬を撫で、鳥の声が耳をくすぐる。

「お、お兄さん達、何？」

ぽつんと置かれたベッドの上で、青白い肌の少年が怯《おび》えるようにこちらを見ていた。小学生くらいだろうか。頬にはまだ幼さを残している。

「えっと、ここ……」

ここは心の海の中ではなく、陸上にある病院だった。

「メッセージボトルの返事をしに来たんだよ、晴彦《はるひこ》君」

深海が病室へ一歩踏み出す。その瞬間、晴彦と呼ばれた少年の目に光が宿った。

心の海を抜けた先は、メッセージボトルの送り主の居場所だった。ベッドの脇には〝大田《おおた》晴彦〟の名前が記されている。

ここへ着いた途端、深海が持っていたはずのメッセージボトルは、ミカさんの時の一眼レフみたいに消えてなくなっていた。

窓の外には海が見えた。それが駿河湾なのだと晴彦君は教えてくれた。

病室の椅子《いす》を勧められた僕らは、腰掛けながら話を聞く。

「実は、勇気が欲しかったんだ」

真っ白な毛布カバーをぎゅっと握り締めながら、晴彦君は話し出す。

彼は怪我で両足を患っていた。ベッドから解放されるには、手術が必要だという。だが、その手術は大掛かりなもので、しかも本当に成功するかは分からない。

晴彦君はすっかり勇気を失くしてしまっていた。だから、勇気を求めたのだという。

「願掛けっていうのかな……。メッセージボトルが誰かのところに届いたら、手術を受けようと思ってて」

「メッセージボトルに勇気づけられたかったんだね」

「うん。だって、小さな瓶に入れたメッセージが、波に流されて誰かのところに行くなんて凄《すご》いじゃないか。俺の手紙が頑張ったんだから、俺も頑張らなきゃ！」

晴彦君が力説する。深海はうんうんと頷《うなず》いて聞いていた。

「でも返信が必要なら、返信先が添えられていた方がよかったよね」

「それは……。書いた時、ちょっと気が動転してて……」

晴彦君がもごもごと言い訳をする。深海は、お陽さまのように笑った。

「ま、それはいいや。なんとか辿《たど》り着けたし、こうして話もできたしさ。じゃあ晴彦君、これで決心はついたかい？」

「え、ええ。まあ……、うん……」

「うん？」と深海が顔を覗《のぞ》き込む。

「すぐに、決心は……。ベッド生活も慣れちゃったし、体力も落ちちゃって。これでもサッカーやってたんだけど、もうレギュラーにはなれないかなって思うと……」

「そっかぁ」

深海は眉尻《まゆじり》を下げるなり、すっくと立ち上がった。ベッドの上の晴彦君が目を丸くしているそばから、深海は彼の毛布を剝《は》いでひょいと抱え上げた。

「わっ、わわっ！」

「深海っ」

軽々と少年をお姫様だっこする深海に、僕は慌てた。

「大丈夫。とって食べたりはしないよ。そんなことより、ちょっと遊びに行こうか」

「えっ、えっ？　で、でも」

目を白黒させる晴彦君に、深海はぱちんとウインクをしてみせる。

「平気だって。これは夢なんだから」

その言葉が終わるか終わらぬかのうちに、病室の隅には〝海底二万哩《マイル》〟への扉が出現していた。

潮風が鼻をかすめる。窓の外は輝く駿河湾だ。どうやら海が見えるこの病院も、カフェの入り口が開く条件——〝海に関する場所〟に該当するらしい。

「リンちゃんもおいで」

深海は問答無用で晴彦君を拉致《らち》する。信じられないほどの強引っぷりだが、彼なりに考えがあるのだろう。僕も続いてカフェの扉を潜る。

「わぁ……何ここ。すごい……！」

近未来風の店内に、丸く切り取られた海の風景。そして、天井から下がるクジラの標本を、晴彦君は目を輝かせて眺めていた。

「ここはボクのお店。〝海底二万哩《マイル》〟っていうカフェなんだ。海の底深くに繋《つな》がってるんだよ。——ほら」

晴彦君をお姫様だっこしたまま、深海は窓際へと歩いていく。

窓の外は限りなく闇に近い青だ。ただし窓の近くだけはぼんやりと明るい。何か特殊な照明をつけているのか、それとも深海が不思議な力でも使っているのか。それは分からないけれど。

「ホントだ、海だ……！　あっ、何かいる！」

晴彦君が指さした方には、白黒ツートンカラーの魚がいた。尾びれが長くて優雅な姿をしている。

でも、動きが何だか変だ。

「あのサッカーボールみたいな色の魚、歩いてる……」

晴彦君は、ぽかんとして言った。

確かに、ツートンカラーの魚は歩いていた。胸びれと腹びれがやたらと長い。すらりと長い腹びれと尾びれで立ち上がり、細く枝分かれしたヒゲのような胸びれをゆらゆらとさせながら、モデルさながらにしずしずと砂地を往《ゆ》く。

なんとも奇妙な魚だった。

「あの子は、ナガヅエエソっていうんだ」

「ナガヅエエソ？」

「そう。あの子は視力が弱いんだ。目が退化しちゃっててね。だから、ああやってアンテナを張り巡らせて、餌《えさ》を感知するんだよ」

「魚なのに泳がないの？」

「泳いだら、アンテナがブレちゃうじゃない？」

「それもそっか……」

ナガヅエエソのアンテナは、三脚みたいに安定した状態だからこそ役に立つ。

僕らの注目の的であることになど気づきもせず、ナガヅエエソは澄まし顔で通り過ぎていった。

「まぁ、せっかくカフェに来たんだしさ。何か飲んで行きなよ」

深海は晴彦君を降ろして、椅子に座らせる。

「リンちゃんも待ってて」

そう言い残すと、奥の厨房《ちゅうぼう》へと引っ込んでしまった。それと入れ違いのタイミングで、べしょっと僕の頭に降ってきたものがある。

「うわっ、な、なんだ！」

「あっ。頭に赤いゴムっぽい……ううん、ビニールみたいなのが！」

晴彦君は僕の頭上を指さす。触れてみると、覚えがある感触だった。

「セバスチャン！」

「ああ死ぬかと思いました。身体が縮み上がりましたよ。茹《ゆ》でダコみたいに！」

セバスチャンは僕の手に短い脚を絡ませながら叫んだ。喩《たと》えが洒落《しゃれ》になっていないけど、怪我をしている様子はない。

「た、タコが喋《しゃべ》った！　っていうかそれ、タコ……？　変なカタチ……」

「失礼な！　立派なタコの一種です！」

セバスチャンは耳をピコピコと動かして抗議し、すぐにハッと我に返った。

「しまった。お客様じゃないですか。私の姿は、あまり人には見せたくないのに」

そう言って、僕の背中によじよじと隠れるけれど、もう遅い。

「大丈夫だよ。ここでのことは夢ってことになってるし」

「はぁ、左様で。というか、この少年、寝間着ではありませんか。いやはや主《あるじ》はまた無茶をして……！」

「深海なりに、考えがあるみたいだけどね」

厨房の方を見やる。お盆を手にした深海が笑顔でやってきた。

「ただいま！　五十ノットで用意したよ！」

晴彦君と僕の前に、細長いグラスが置かれる。

グラスの中には、美しいグラデーションができていた。上は淡く爽《さわ》やかな水色で、下は見通しの利かない濃厚な青だ。海の色によく似ている。

「リンちゃんのアドバイス通り、海洋深層水と真水以外のドリンクも作ってみたんだ。名づけて〝駿河湾ソーダ〟！」

深海は両手でサムズアップをする。実にいい笑顔だった。

「晴彦君。君が毎日見ている海って、横から見るとこんな風になってるんだよ。この辺りが、表層って呼ばれる浅い海でね」

やはり液体の色は、海を表現しているらしい。深海は淡い水色の層を指さした。グラスのかなり上の方だ。

「俗に深海《しんかい》って呼ばれるのは、水深二百メートル以深なんだ。つまり、この表層から下ってこと」

深海《ふかみ》の説明に、晴彦君は目を丸くした。

「待って。水深二百メートルの位置、グラスの上からすぐじゃん。駿河湾って、もっともっと深いってこと？」

「そう。一番深い場所で二千五百メートルって言われてるんだ」

「二千五百!?　千メートルが一キロだから、えっと、二キロと五百メートルだよね！」

「そうだよ。富士山がだいたい三千七百メートルだから、富士山を駿河湾に沈めたら、頭が出るくらいだね」

「あの下、そんなに深かったんだ……」

晴彦君はしみじみと駿河湾ソーダを見つめた。深海がグラスに指で触れる。

「この表層の下が中深層。水深千メートル以深になると、漸深海層っていわれているエリアになるんだ。さっきのナガヅエエソは、中深層の辺りにいる子だね。この辺はほとんど光が届かないし、漸深海層になると完全な暗闇になっちゃうんだ」

「そんな所でも、生き物はいるの？」

「勿論《もちろん》」と深海は微笑む。

「完全な暗闇だろうが、水温が冷たかろうが、水圧がきつかろうが存在しているよ。目が見えなくても、アンテナを張り巡らせたり、他の生き物が発する微弱な電気を捉《とら》えたりして。水圧に押しつぶされないようにすごく硬くなったり、逆にぶよぶよのコンニャクみたいになったり。とにかく、みんな必死に工夫して生きているのさ」

「……そんな厳しい環境で、怖くないのかな」

晴彦君はぽつりと呟《つぶや》く。

「どうだろうね」と深海は答えた。

「怖いと思ってるかもしれないし、平然としているかもしれない。でも、一つだけ言えることがある」

深海は膝《ひざ》を折る。座っている晴彦君に、目線を合わせてこう言った。

「彼らはどんな環境であろうと、負けるものかと頑張って生きてる。種族単位で逆境に挑んでるみたいなものさ。だからね、晴彦君。今度は、君のその足で、彼らを見に来てほしいな」

「……俺の、足で」

晴彦君は己の足をじっと見つめる。それから、やにわにグラスを掴《つか》むと、ストローで思いっきりソーダを吸い込んだ。

「あっ、駿河湾が……っ！　結構頑張ったから、もう少し見てて欲しかったかな！」

深海の悲しげな声などお構いなしに、晴彦君はあっという間に駿河湾を飲み干した。

「ごちそうさま！　美味《おい》しかった！」

グラスはすっかり空になる。晴彦君の顔が、急に明るくなったように見えた。

「俺、手術を受ける！　足がなまったくらいでなんだ。また、特訓すればいいんだ」

「その意気だよ、晴彦君！」

深海は目を輝かせた。

二人を見ていた僕も、つい頬が緩んでしまう。

「リンちゃん様、嬉《うれ》しそうですね」

そう言うセバスチャンも、耳をぷるぷるさせて嬉しげだ。

「だって、晴彦君の〝勇気〟が――宝物が見つかったんだ。嬉しくもなるさ」

「他人の幸福を祝福できるのは、素晴らしいことです。リンちゃん様も、早く宝物が見つかるとよいですねぇ」

「ん……、そうだな」

僕は静かに頷《うなず》く。

見れば深海は、晴彦君と海の話で盛り上がっていた。

その横顔が、大空兄ちゃんの懐かしい面影に重なる。海が好きだった兄ちゃん。そして海と同じ名前を持つ深海。やっぱり、ふたりは驚くほどよく似ている。とても他人とは思えないほどに。

「なあ、深海。一般人でも海に潜れるのか？　つまり駿河湾みたいな深海《しんかい》とか……」

「んー、そうだねえ。深いところに潜るのは難しいけど、そこに棲《す》む生き物たちに会える場所はあるよ」

深海《ふかみ》は訳知り顔で笑う。深海から何かを聞いたらしい晴彦君もまた、同じ笑顔を僕に向けたのであった。


駿河湾には、沼津という街が面していた。そこには立派な港があり、夜が明ける前から漁船が沖へ出ていく。

その一角に〝沼津《ぬまづ》港深海《こうしんかい》水族館〟という施設があった。

「なるほど。ここに来れば、深海の生き物に会えるんだ」

ずらりと並ぶ水槽を前に、僕は思わずしみじみとしてしまった。館内には深い海に棲む生き物が、所狭しと展示されている。

足みたいな胸びれと腹びれを使って歩くワヌケフウリュウウオや、生きている化石として有名なオウムガイ、そして、前にミカさんの心の海で見たヌタウナギもいた。

「やっぱり、サンシャイン水族館とは雰囲気が違うな。なんというか、その……キワモノ揃いっていうか……」

「そこがいいんだよ！　個性的で可愛いでしょ？」

「物は言いようかな」

個性豊かなのは認めるし、味はあると思う。

小ぶりの水槽の前には、見学客が群がっている。珍しい深海生物に、真剣に見入っているようだった。

「それはともかくとして、深海《ふかみ》。その恰好《かっこう》はどうにかならないのか？」

僕の背後には、照明を落とした展示室内だというのに、色の濃いサングラスをかけ続けている深海がいた。丈の長いコートを着込み、タートルネックに顎《あご》下まで埋め、肌の露出を最小限にしている。モデルのような長身と端整な顔立ちで、妙な迫力が出ているせいか、深海の周囲にだけ人が近寄ってこない。

「うーん、ダメ？　みっともないかなぁ」

「ヤのつく職業の若頭に見える」

「それって、渋いってこと？」

「怖いってことだよ！」

深海は眉尻《まゆじり》をへにょんと下げた。

「それは困るな。でも、今はあんまり外気には触れたくなくて。ほら」

深海はそろりと手袋を外す。骨ばった手は、日に焼けたみたいに赤くなっていた。

「うわっ、大丈夫か？　見せなくていいから、はやく手袋して！」

「晴彦君の病室、日当たりが良かったでしょ？　それですっかり焼けちゃってさ。目もチカチカしっ放しだし、もう大変」

「……そんなに酷《ひど》いのか。なのに、僕をここに連れて来てくれたのか？」

僕の言葉に、慌てた深海はふるふると首を横に振り、「平気だよ」と答えた。

「ちょっと経てば治るし！　大丈夫、大丈夫」

そう言って順路を進もうとする。けれど足取りがおぼつかない。よほど日焼けのダメージが大きいのか、よろけて壁にぶつかりそうになっていた。

「深海、ほら」

僕は手を伸ばして、深海の左手を握った。手袋ごしにもひんやりとする、相変わらずの冷たい手だ。

「り、リンちゃん？」

「僕が誘導するから」

深海はきょとんとしていたけれど、やがて沸き上がるような笑みを浮かべた。

男らしく整った顔が、やけに幼く子供っぽい表情になる。

「えへへ、リンちゃんは優しいね」

「別に。客にぶつかったり水槽にぶつかったりしたら、迷惑だろ」

「人間だけじゃなくて、水槽の子にも気を遣うなんて、さすがだねぇ」

「う、うるさいな！　肌を晒《さら》すと焼けるなら、マスクもしてろ！　で、黙ってろ！」

「そう。マスクをしようとも思ったんだけど、喋《しゃべ》りにくくなっちゃうし。ほら、やっぱり人間って、口でコミュニケーションをとる生き物じゃない？」

いや、深海は表情豊かだから、喋らなくても気持ちはちゃんと通じる。

でもそんなことを言うとまた調子に乗りそうなので、この件は自分の中だけに秘めておくことにした。

「ねぇねぇ、リンちゃん。お土産コーナーにメンダコのリアルな人形があったから、帰りに買っていかない？　セバスチャンをびっくりさせようよ！」

「いや、セバスチャンにこれ以上苦労かけんなよ……」

深海の手をきゅっと握りしめる。

兄ちゃんと同じ大きな手で、同じ顔をしているけど、二人は全然似ていない。

大空兄ちゃんならきっと、お土産のネタではしゃいだりせず、大真面目に深海《しんかい》生物の解説をしてくれ、僕の質問にも丁寧に答えてくれただろう。

深海《ふかみ》も博識だけど子供みたいにはしゃぐし、女性の扱いが得意なホストかと思いきや、まるで無邪気の塊だし……。

「ねえ、リンちゃん！　あっちにタカアシガニがいるよ！」

そう言って、ぐいぐいと僕の手を引っ張る。それを少しばかり微笑ましく思いながら、僕は深海の大きな手を握り返した。

数日後。〝海底二万哩《マイル》〟にメッセージボトルが届いた。

晴彦君からだ。手術は成功して、今はリハビリに励んでいるらしい。

ボトルには、例の深海水族館で買ったものか、メンダコを模した小さなストラップが入っていた。深海はそれを、カフェエプロンに誇らしげに提げた。

そして——。

深海カフェのメニューには、またひとつ、水以外の飲み物が増えたのであった。

第三話
くじらコーヒーゼリー アラモード

Shinkai
Cafe
20000 Leagues
Under the Sea

「倫は、もしノーチラス号に乗れたとしたら、どこへ行きたい？」

ジュール・ヴェルヌの海洋冒険小説〝海底二万里〟を手に、大空兄ちゃんは僕にそんなことを訊《き》いた。

ノーチラス号とは、主人公たちを乗せて世界各地を旅する潜水艦の名だ。五十ノットの高速で進めるし、船を相手に戦ったりもするスーパー潜水艦なのだ。

「僕、アトランティスを見てみたい！」

「失われた大陸かぁ。アトランティスのシーンは、この物語の中でも特に感動的だからね。雄大な光景がありありと想像できて、僕もアトランティスに行きたいがために何度もあのページを読み返したものさ」

楽しそうに微笑む。僕もつられて笑顔になる。

「大空兄ちゃんは」

「うん？」

「兄ちゃんは、どこに行きたいの？　南極《なんきょく》？　それとも紅海《こうかい》？」

「僕はねぇ……」

勿体《もったい》ぶるような言い方で、ふふ、と大空兄ちゃんは笑った。

「とにかく深い深い、海の底へ行きたいな。マリアナ海溝とまでは言わないけど。光も届かない暗闇の世界に沈んでみたい」

「光の届かない海かぁ……。どれくらいの深さか想像がつかないよ」

大空兄ちゃんは「そうだね」と言って、本棚を見やる。すると、東京スカイツリーの模型が本の横にちょこんと立っていた。僕がお土産にと買って来たものだ。

「水深千メートルを超えると、完全な暗闇になると言われてる。そうだな……このスカイツリーを一つと半分沈めたくらい」

僕も展望台に昇ったから、その高さはよく分かる。そんなスカイツリーを一本沈めてもまだ足りないなんて！

底の見えない、深い深い海を想像して、僕は少しばかり怖くなってきた。

「……ノーチラス号なら、どこまでも行けそうだね」

「うん。だけど行くならひとりかな。自分ひとりきりで、海の底まで行ってみたい。ああ……光が届かないって、どんな感じだろうね」

大空兄ちゃんはそう言って、青白い顔で微笑んだ。その目がとても遠くて、本当に深い海に消えてしまいそうだった。

「……僕は、真っ暗なのは怖いよ」

「そう？　闇はどんな者でも平等に、静かに包み込んでくれる。眩《まぶ》しすぎる光より、暗闇のほうがずっと優しいと思わない？」

「……………でも、怖い」

「倫は怖がりだなぁ」

大空兄ちゃんは、しょうがないなといった風に、僕の頭を撫《な》でてくれた。

大きな掌《てのひら》が、僕の小さな頭を包む。闇がこんな感じならば、確かに優しくていいかなと思ったけれど、何も見えない世界は、やっぱり僕には怖い。

「大空兄ちゃんは、暗いのが好きなの？」

重ねて質問してみる。すると、ちょっとだけ困ったような顔で兄ちゃんは言った。

「……僕は寂しがり屋だから、受け止めてくれる相手を探しているんだよ」

「そ、それなら、僕が受け止める！　兄ちゃんのこと、ぜんぶ受け止めるから！」

僕は勢い込んで挙手した。そうしないと、大空兄ちゃんが消えてしまう気がした。

「はは。ありがとう、倫」

大空兄ちゃんは嬉《うれ》しそうに笑ったけれど、どこか寂しそうにも見えた。

「それじゃあ、倫に受け止めて貰《もら》おうかな。生きている間はね」

「――ちゃん、リンちゃん」

「うぅん、兄ちゃん……」

大きな手が、僕の肩を揺さぶっていた。これは大空兄ちゃんの手だ。優しい声も聞こえる。

「待ってよ、大空兄ちゃん……今、いいところなんだから……」

「リンちゃん、大空兄ちゃんって、誰？」

そこで、はっと覚醒《かくせい》した。僕は飛び跳ねんばかりに身を起こし、周囲を見回す。

ミュージアムのような室内。潜水艦の窓からは海も見える。

黒いテーブルと椅子《いす》が規則正しく並んだそこは、カフェ〝海底二万哩《マイル》〟だ。

寝起きの僕を深海が覗《のぞ》き込んでいる。起きてもまだ夢の続きのような心地がするのは、彼の姿かたちが大空兄ちゃんにそっくりだからだ。

「おはよ、リンちゃん。駿河湾ソーダを持ってきたよ！」

笑顔の深海が手にしたトレイには、長グラスに収められた美しいグラデーションのソーダが載せられていた。

思い出した。学校帰りの僕は、この店で勉強しようとしたのだ。それなのに、寝こけてしまうなんて。

そこへふよふよと宙を舞って、小さな赤い物体が近づいてきた。

「待っている間に寝てしまわれるとは、徹夜で試験勉強をされたのですかね。無理をなさらないよう、お気を付け下さい！　さ、このセバスチャン、リンちゃん様の肩を揉《も》んで叩《たた》いて差し上げましょう！」

メンダコ執事のセバスチャンはそう言ってくれたが、頼りない脚が首筋にぺとぺと当たるだけで、全くマッサージにはなっていない。

「あ、ありがとう、セバスチャン。気持ちだけは受け取っておく……」

肩叩きをやんわり辞退した僕に、深海がソーダグラスを手渡した。

「試験かぁ。学生さんは大変そうだね。まあ、うちはテーブルだけは幾らでもあるから、好きに使っていいよ！」

「助かる。他の学校と試験期間が被《かぶ》るから、図書館もカフェもいっぱいでさ。だからって、家でやるとなんか集中できないし」

「ふーん、そっかぁ」

まるで他人事《ひとごと》のような雑な頷《うなず》きっぷりだ。いや、他人事なんだけど。

「リンちゃん。この数式は何に使うの。高校って面白い？　学校は浮世の理論を学ぶところだよね。ボク、すごく興味があるなぁ」

真向かいに座った深海は、子供みたいに身を乗り出す。

前言撤回。ここも集中できないかもしれない。

絶望に打ちひしがれる僕の前で、深海はにこにこ笑っている。

「……大空兄ちゃんと同じ顔なのに、どうしてこうも違うんだろう」

「そうそう、その大空兄ちゃんって？　名前は聞いたけど、ちゃんと話を聞いてなかった気がして」

「うちのご近所さんで、本当の兄貴みたいだった人。……でも、七年前に行方不明になっちゃって」

兄ちゃんのお母さんである八木のおばさんが、失踪《しっそう》宣告の手続きを終えたのはつい最近――僕がこのカフェに最初に迷い込む直前のことだった。

「そっか。七年前……」と、深海は考え込むように目を伏せる。

「行方不明ってことは、どこに行ったか分からないんだね？」

そうだよ、と言いかけて、なぜかぞわりと鳥肌が立った。

理由は分からない。ただ何か……思い出してはいけないものが、不意に蘇《よみがえ》りそうになった気がする。

「け、警察も捜してくれたけど、手掛かりが見つからなくて」

「そっか。心配だね」

「そうだな……」

心配？

僕は本当に心配しているんだろうか。

大好きな兄ちゃんと会えなくなった寂しさばかりがあって、そういえばこの七年間、その身を案じてはいなかった。そんな気がする。

もしかしたら、事件に巻き込まれたのかもしれない。もしかしたら、今も助けを求めているかもしれない。もしかしたら、全く違う生活を始めているかもしれない。

普通ならそう考える。でも僕の心にはなぜか、その類《たぐい》の心配はなかった。ただ漠然と〝いなくなった〟という確信だけが渦巻いて、胸に巣くった喪失感を掻《か》きまわしているのだった。

「ねえ、リンちゃん。教えて欲しいな。大空兄ちゃん君ってどういう人だったの？」

「敬称が重複してる。そこは〝大空君〟でいいんじゃないか？」

「じゃあ、大空君」

素直に復唱する深海を前に、こほんと軽く咳払《せきばら》いをした。

「優しい人だったよ。よく本を読んでくれて、僕が質問したことには何でも答えてくれた。もし兄ちゃんに分からないことを聞いてしまっても、一緒に調べて答えを見つけてくれたし」

「素敵なひとだね」

「まさに、兄ですね！」

　セバスチャンもテーブルの上で、うんうんと頷く。

「……でも、寂しがり屋だった」

「寂しがり屋？」

　深海とセバスチャンは目を瞬かせる。

「うん。いつも悟ったような顔をしてたけど、何だか寂しそうだった。持病のせいであんまり外に出られなかったからね。あんなに頭のいい兄ちゃんが、年の離れたガキの僕に構ってくれたのも、寂しがり屋だったからだと思う」

「うーん」と深海が首を傾げる。

「それだけじゃないと思うよ。大空君にとって、リンちゃんは希望だったのかも」

「希望……？」

「そう。水底に射《さ》す地上の光のような、希望と、憧《あこが》れと……」

　やけに遠いまなざしになった深海は、僕の視線に気づいて我に返る。

「と、とにかく。大空君の気持ち、分かるかも」

　深海は取り繕うように言った。「ボクも寂しがり屋だからさ」

「深海が？」

　聞き返すと、深海は困ったように笑った。

　その表情にドキッとする。大空兄ちゃんの寂しそうな笑顔に、よく似ていたのだ。

「そうだよ。ボクは寂しがり屋なのさ。たまにどうしようもなくひとが恋しくなるんだ。今はセバスチャンがいるし、リンちゃんも来てくれるから寂しくないけどね」

「……ま、僕はそんなに来てないけどな」

嘘だ。ほぼ毎日のように通っている。でも照れくさくて認めたくなかった。

僕は急いで、大空兄ちゃんの話題に流れを戻す。

「兄ちゃんは海が好きだった。海も、海の生き物も、全部ひっくるめて大好きだったんだよ。……ううん、愛してたんだと思う」

「愛してた――だって!?」

「主《あるじ》、愛されてたみたいですね!」

深海とセバスチャンは、女子みたいに両手を口に当てて喜んでいる。

いや待て。この場合、メンダコのセバスチャンはともかく、深海も海の生き物扱いでいいんだろうか……。

「〝愛してた〟って、すごいなぁ。リンちゃんにまでそう思わせるなら、本当に海が好きだったんだね」

「ああ。何せ兄ちゃんは――」

言いかけて、口を噤《つぐ》む。

「どうしたの、リンちゃん?」

「あ、いや。何でそう思ったのか、思い出せなくて」

それに、ひどく心がざわついていた。記憶の珊瑚《さんご》を掻《か》き分けていたら、その先にテヅルモヅルがびっしりと詰まっていたかのような居心地の悪さだ。

触手が邪魔をして、その先の思い出に触れられない。

「リンちゃん……」

深海が僕の顔を覗《のぞ》き込む。

「勉強中のところ、悪いんだけどさ。ボク、リンちゃんと行きたい場所があるんだ」

「僕と？」

「うん。心の海に、行かない？」

「誰の？」

「リンちゃんの」

深海はそう言って、静かに微笑む。僕はとっさに言葉に詰まった。

「リンちゃんが失くした宝物って、大空君に関係するものなんじゃないかな。今の感じからして、何となくだけど」

そうかもしれない。

深海の言葉を信じるなら、このカフェに辿《たど》り着けるのは、心の水底に〝宝物〟を落とした人だけだ。でも、今の僕は自分が失くした〝宝物〟に心当たりがなかった。

でも、大空兄ちゃんのことは？

考えてみれば心あたりなんて、本当にそれしかない。家族関係は円満だし、学校にも何か不満があるわけじゃない。高校生になった今でも女の子に間違えられることは甚だ遺憾だけれど、悲しいかな、外見的な男らしさは別に〝失った〟わけじゃなく、僕には元々なかったのである。

「大空兄ちゃんのことを考えると、心に穴があいたみたいな気持ちになるんだ。心臓のあたりがざわついて……でも、胸騒ぎみたいに予感めいたざわつきじゃないんだ」

胸元をぎゅっと押さえる。今も、このあたりがざわついていた。

「そこに、リンちゃんの〝宝物〟があったのかもしれないね」

「……うん」

「取り戻したい？」

兄ちゃんと同じ顔が、屈託なく僕を見つめる。

「……そう、だな」と、僕は頷《うなず》いた。

いや。果たして本当にそうだろうか。

是が非でも取り戻したいとは思えない。心が、警鐘を鳴らしているような気がしてならないのだ。

「もし……」

「うん？」

「もし、宝物を取り戻さなかったら、どうなるんだ？」

僕の問いに、深海は目を丸くした。一瞬の沈黙の後、困ったように言葉を紡ぐ。

「人それぞれ、かな。満たされないまま、ずっと変わらない人もいるし、別の新しい宝物を得て、空いた場所に入れ直せる人もいる。わけが分からない悲しみや虚《むな》しさが続いて、欠落がどんどん大きくなっていく人もいるよ」

「……そうか」

「でも、これだけは覚えておいて。失くした宝物は、そのままなんだ。拾いに行かなければ、心の海にずっと沈んだままなんだよ」

深い深い、真っ暗な海。そこに沈む、ひとりぼっちの〝宝物〟。それを想像すると、やるせなくなってきた。

「……分かった、行く。心の海に、宝物を探しに行く」

僕がそう言うと、深海は嬉《うれ》しそうに顔を弾けさせた。

「ありがとう、リンちゃん！」

「どうして深海が礼を言うんだ。それはこっちの台詞《せりふ》だろ？」

深海はキザっぽく、長い人指し指を振ってみせた。

「リンちゃんのお礼は、宝物が見つかってから聞くよ。あと、その前に」

「その前に？」

僕の前へ、セバスチャンがずずいとグラスを寄せる。深海特製の駿河湾ソーダだ。

「駿河湾を飲み干しちゃってよ。景気づけにさ」

細長いグラスに入った炭酸飲料は、とても一気飲み出来る量ではなかった。


僕の心の海は、どんなだろう。

エントランスに向かう深海の背を追い掛けながら、そんなことを考えていた。

ＯＬのミカさんは少し浅い海で、太陽の光もわずかに届いていた。一方、入院していた晴彦君の海は深度が深く、危険な生き物もいた。

そして二人とも、自分自身に縁のある場所に繋《つな》がっていた。

僕にとって、それはどこなのか。大空兄ちゃんとの思い出なんて、兄ちゃんの部屋ぐらいしかない。そんなところに深海生物がいたりするんだろうか。

「ねえ、リンちゃん」

出発前、深海に声をかけられる。珍しく、あの人懐っこい笑みはなかった。

「あのさ、大空君って……」

「うん？」

耳を傾けるものの、それ以上、深海が語ることはなかった。

「なんでもない。とにかく、リンちゃんの心の宝物、見つけないとね」

「あ、ああ。そうだな」

深海が変なのはいつものことだけれど、今日は特に変だ。

「それじゃあ、行くよ」

「私もお供しますよ！　危険な奴が現れたら、自慢の拳《こぶし》で叩《たた》いてやります！」

セバスチャンは僕の頭によじ登り、小さな脚を丸めてみせる。

どうやらここが、すっかり定位置になってしまったようだ。やや生臭いが、特に重いわけでもないので、セバスチャンの好きにさせてやる。

深海が〝海底二万哩《マイル》〟の扉を開く。

僕らは海の中へと投げ出された――と思ったら、そこは屋内だった。

「へぇ、これがリンちゃんの心の海か」

深海の言葉に、僕は周囲を見回す。

白い支柱に支えられ、壁は一面のガラス張り。回廊が弧を描くように続いている。

ガラス窓の向こうには、マリンスノーが舞っていた。

「この場所……」

壁に視線を巡らせる。すると、朽ち果てた案内図があった。それを見て確信する。

「東京スカイツリーの展望台だ」

「へぇ、これが噂のねぇ！」

深海が目を輝かせる。

「スカイツリーは空に近過ぎちゃってさ。紫外線がきつそうだから、行くのが怖かったんだよね。でもこんな形で来られるなんて、感激だなあ！」

深海はすっかりはしゃいでいるけれど、窓の外は一面の海。街の景色が見えるわけではない。僕らがいるのは天望回廊、つまり一番高い展望台なのだけれど、外が海では展望台の意味がないような……。

セバスチャンは窓に張り付く。

「ふむ。深度はそこまでではないようですね」

指摘どおり、辺りはほのかに明るい。これはミカさんの海より浅いかもしれない。

「ここに、僕の心の宝物が……？」

「うーん、どうだろう。もっと奥じゃないかな」

深海が迷わず歩き出す。僕らもそれに続いた。

長々と続く回廊は静かなものだった。生き物に出会わないのだ。

そうこうするうちに、僕らは回廊の突き当たりに着いてしまった。

「困ったな。ここから先は行けないみたい」

「これは下かもしれませんよ。ここから下に行けそうです」

僕の頭からふわりと離れたセバスチャンは、エレベーター前で耳をパタパタさせながら浮遊している。

「下……」

息を呑《の》んだ僕に、深海が訊《き》いた。

「どうしたの、リンちゃん。行くの、嫌？」

「そ、そういうわけじゃないけど」

「ならいいんだけど。でも、やめたくなったらいつでも言ってね。休むなり、中断するなりするから」

「……ありがとう」

でも、そう言われたら進むしかない。

セバスチャンはエレベーターのボタンを押す。反応がない。僕が押しても同じだ。

「壊れてるのかな」

「じゃあ、こうしてみたら？」

深海がエレベーターのドアに手を差し込み、力尽くでこじ開けた。

するとそこに、階段があった。

エレベーターなど影も形もない。真ん中は吹き抜けで、柱状の壁に沿うようにして、螺旋《らせん》階段だけが下へ下へと伸びているのだ。覗《のぞ》き込んでみても、地面が遠すぎて階段の終わりが目視できない。ただ、底の見えない暗闇が広がっているだけだ。

「うわ……」と思わず声が出る。

「落ちないようにね、リンちゃん」

「分かってる」

深海に支えられながら、螺旋階段に一歩踏み込んだ。硬い石の感触が、スニーカー越しに伝わってくる。

「まさかの石の階段……。エレベーターはどこへ行っちゃったんだろう」

「心の海の中だからね。浮世と違うところもあるさ」

深海は大して気にしていない様子だった。

「スカイツリーには展望台が二つあるんだ。この下には、さっきの天望回廊よりも大きな展望台があるはずなんだけど……」

「じゃあ、まずはそこまで行こうか」

「ああ」と、僕は深海に頷《うなず》いた。

朽ちかけた石の階段には、藻のようなものが生えている。僕には判別できないけど、もしかしたら海綿の類《たぐい》かもしれない。階段の隅ではテヅルモヅルが絡み合い、細やかな触手で手招きをしていた。

植物みたいなものは他にも生えている。白い花だ。天使の羽根みたいに細長くて真っ白な花弁が、四方八方に伸びている。

「それはトリノアシ。ウニとかヒトデの仲間だよ」

深海に教えられて、僕はまじまじと花を観察した。どう見ても植物だったけれど、なるほど地に根付いてはいない。先端も不自然に揺れている。

「深海は、本当に海のことに詳しいんだな」

「浅い海はそんなに詳しくないけどね」

名は体を表すというやつだ。

「いつも思うんだけど、まるで、海に住んでるみたいだ」

「そうだよ。海の中はボクの庭なんだ」

深海は笑う。あの無邪気な顔だ。本気とも冗談とも判断がしにくい。

彼が何者なのか、僕の納得できる言葉で説明してもらえる日は来るんだろうか。

僕らは下へ下へと降りていく。見上げると、螺旋階段の入り口——開けっ放しのエレベーターの扉はかなり上にあって、もう随分と小さく見えた。もしかしたら距離的に、天望回廊の下にある大展望台も越えてしまったかもしれない。

狭い塔の中だからか、それとも深度のせいか、辺りはすっかり暗くなっていた。

深海が小型のライトを点《つ》けてくれていて、今はそれだけが頼りだ。

「まだまだ下が見えないね。結構歩いた気がするんだけど」

「スカイツリーは六百三十四メートルもあるからな。歩いて降りると、かなり時間がかかるんじゃないか」

東京タワーの約二倍だ。地上にそびえ立っているときも、あまりの高さに見上げる首が痛くなるくらいだから、それを螺旋状に降りるのは相当な労力に違いない。

「水深六百メートルだと、ほとんど真っ暗だよね」

深海の何気ない一言。それが僕の頭を揺さぶる。

「どうしました、リンちゃん様。お腹が痛いのですか？　それとも、お腹が減ったのですか？」

セバスチャンが心配そうに覗き込む。耳がぺったりと伏せられていた。

「ううん、なんでもない。また、あの怖いサメが出てきたら嫌だなと思って」

「イタチザメでしたら、普段は浅い海にいますから、ああいったことは稀《まれ》でしょう。それに、この塔の狭さだと身動きがとり難《にく》いでしょうし」

「確かに。大きかったもんなぁ」

イタチザメの姿を思い出す。鋭い牙《きば》をずらりと並べ、無機質で冷ややかな目を持っていた。あんなのにまた襲いかかられたら、吹き抜けから飛び降りてしまいそうだ。

つんつん、と背後から肩をつつかれた。

セバスチャンか深海かと思って振り向く。が、違った。

薄暗い海水に、ぼんやりとした燐光《りんこう》が輝く。

顔だ。

不気味な顔が浮かび上がっている。眼球は輪郭から飛び出し、口は虚《うつ》ろに開かれている。それが二つ、三つとこっちを見ていたのだ。

「う、うわあああ！」

「リンちゃん！」

飛び退《の》いた先は吹き抜けだった。足場を失ってバランスを崩した僕の二の腕を、深海が摑《つか》んで支えてくれる。

「あ、危なかった……。ありがとう、深海」

「どうしたのさ、リンちゃん」

「か、顔……不気味な顔が……」

「ああ」

僕が指さした方を見て、深海は納得したように声をあげた。

「テンガンムネエソだよ。深い海の生き物さ」

不気味な顔が、燐光を放ちながら目の前を通り過ぎて行く。なるほど、横から見れば立派な魚である。多少いびつで、手斧《ておの》みたいな形だが。

「びっくりした……。やけに平べったかったけど、ああいうのもいるのか。正面から見たら、魚って思えないよな。てっきり幽霊か何かの類だと……」

「えっ？　リンちゃんっておばけが苦手なの？」

要らないことを言ってしまった。深海の目が輝いている。後悔先に立たずだ。

「へー、へー。可愛いなぁ、リンちゃんは」

「可愛いって言うな！」

深海の脛《すね》を蹴《け》り飛ばす。途端に悲鳴が上がった。当たり前だ。痛くしたんだから。

「大丈夫ですよ、リンちゃん様。おばけなど私が追い払いましょう！　さあこんな風に！　ほら、ほら！」

セバスチャンは短い脚でジャブをしてみせる。全く当たる気がしない。そもそも、おばけは実体がないから意味がない。

「リンちゃんは、なんでおばけが苦手なの？」

深海が無神経に尋ねてくる。僕はムッとした。

「見た目からして怖いだろ。呪《のろ》われた家に憑《つ》いた母親と少年の幽霊とか、井戸から出てくる女の霊とか」

「……妙に具体的だね」

「ホラー映画の見すぎではございませんか？」

　セバスチャンの鋭い指摘に、僕は「うっ」と言葉に詰まる。

「リンちゃんは、おばけっていうか、ショッキングなものが苦手なのかな」

「ああ……。ゾンビを撃つゲームも苦手だな。あんなの撃たずに隠れて、その場をやり過ごせばいいのに」

「まあ、争わない方がいいに決まってるよね。必要以上に傷つけ合って、いいことなんてひとつもないし」

　深海は納得したように頷く。けれど、ピントが少しずれている。

「まあ、そういうわけだから、おばけの類は苦手なんだ」

「おばけの全部が怖いとは限らないんじゃない？　可愛いのもいるかもよ？」

「たとえば？」

「船にわーって集まって、柄杓《ひしゃく》で汲《く》んだ水をいっぱいかけてくれるおばけとか」

「それ、海坊主や船幽霊の類だよな⁉」

　しかも船を沈めて船員を殺そうとしてる。殺《や》る気満々だ。可愛さの欠片《かけら》もない。

「そうだっけ？」

　深海はすっとぼけた顔で首を傾げる。そこへセバスチャンが割り込んだ。

「陸上であれば、狐や狸でしょうね。猫もおばけになるみたいですよ」

「ああ、その辺はまだ可愛いかな。そんなに見た目がひどくないし」

「リンちゃんは陸上の哺乳類《ほにゅう》だから、似たような種類だと馴染《なじ》みがあるんだね！」

陸上の哺乳類で、霊長類で、人間の姿をしている深海は、納得したように手を叩《たた》いた。やっぱり、かなりピントがずれている。

「もしかしたら、おばけが集まるそういう場所があるかもしれないね。ほら、海におけるウチとか竜宮城《りゅうぐうじょう》みたいにさ！」

「竜宮城もおばけの棲《す》み処《か》に分類されるのか……」

その言い方だと、深海やセバスチャンもおばけの仲間ということになってしまう。じゃあ竜宮城で舞い踊りするタイやヒラメも、おばけの類《たぐい》なんだろうか。

「……まあ、いいや」

真剣に考えれば考えるほど、怖がっているのが馬鹿馬鹿しくなってきた。狐狸《こり》だろうとタコの妖精《ようせい》だろうと、ただの魚だろうともう何でもいい。ショッキングな見た目と凶暴ささえなければ、恐れることは何もない。

歩き出そうと下を見ると、薄く燐光が見えた。一つではない。幾つもの光が鬼火みたいに揺らめいている。

ムネエソの、強い恨みを抱いた亡霊みたいな顔を思い出す。

「…………」

「リンちゃん、足が止まってるけど」

「へ、平気だっ」

なんとか足を進める。だが、すぐに後悔した。

「うわぁ……」

案の定、燐光を放っていたのは、なんとも不気味な魚達だった。

ぬるりと長細く、目が大きくてぎょろりとしている。お腹のあたりに発光器を持っているらしく、小さな光がぽつぽつ灯《とも》っている。それが泳ぐ度にゆらゆらと揺れながら恐ろしい顔を映し出すのだ。なかなかに、ショッキングな光景だった。

「手のひらサイズがオオヨコエソ、あの長いのがホウライエソだね」

深海は律儀に教えてくれる。

オオヨコエソは小さいのでまだマシだ。ホウライエソは腕くらいの長さがある。まとわりつかれようものならば、また吹き抜けにダイブしかねない。

今度は、ちろちろと光る小さなイカがやってきた。

「わっ、可愛い……」

エソのグロテスクさに比べたら、天使みたいだ。

「ギンオビイカだね。墨の代わりに発光液を出すんだよ」

「へぇ。キラキラ光る液ってことか？」

「そう。暗いところでは、光は眼つぶしになるんだよ」

目の前を漂う指先ほどのイカは、身体も耳も丸っこい。触手も短くて、いかにもイカのマスコットといった風情だ。……いや、ダジャレではない。

「でも深海《しんかい》の生き物って、目が見えないものばっかりじゃないのか？

「そうとも限らない。あえて目を大きくして、わずかな光も捉《とら》えようとする子もいるからね。それに、目が退化したヌタウナギでも、光を感知する機能があるんだよ」

「そういうものなのか……」

「私も、発光液を出せれば良かったのですがね」

僕の頭の上で、セバスチャンが溜息《ためいき》を吐《つ》く。

「セバスチャンは、墨も発光液も吐けないいんだっけか」

「泥に潜るのは上手いんだけどねぇ」

セバスチャンは「そうですね」と、なんとも言えない声音で言った。

つまり、泥のないところで襲われたら大変ということか。だから、こうやって僕の頭の上でじっとしているのが落ち着くんだろうか。

ギンオビイカは、頼りない耳を必死に動かして泳いでいる。その先には、同じく光るものが揺らめいていた。小さいエビや魚だろうか。

違った。ホウライエソが待ち伏せをしている。謎の発光体はホウライエソから伸びていた。チョウチンアンコウみたいに疑似餌《ぎじえ》を持っているのだ。

「危ない！」

思わず口に出す。ギンオビイカも気づいて逃げようとする。しかし、なんということだろう。ホウライエソの下顎《したあご》が、いきなり伸びたのだ。

「えっ、えええええ!?」

「ひえええっ」

仰天する僕の声と、セバスチャンの悲鳴が重なる。ホウライエソの内側に伸びた牙《きば》が、ギンオビイカを閉じ込める。まるで檻《おり》だ。哀れなギンオビイカは、そのままホウライエソの口の中に収められてしまった。

「今、顎……顎が伸びた……」

衝撃的な光景だ。井戸から出る女も、呪われた家の親子霊も吹き飛んでしまった。

「ホウライエソは、顎を自由に外すことができるんだよ。すごいよね！」

深海《ふかみ》はひたすら感心している。楽しそうだ。しかし、ちょっとは空気を読め。

「ああ、くわばらくわばら……」

「セバスチャン、僕の服の中に潜ろうとしないで！」

セバスチャンは平べったくなって、襟ぐりから潜り込もうとしていた。うなじに吸盤の感触が当たってくすぐったい。

「す、すみません。あんな風に食べられたら敵《かな》わんと思いまして！」

「大丈夫。ホウライエソの口より、セバスチャンの方が大きいだろ」

ぺちゃんこになったメンダコ執事を襟元から引きずり出しながら、先に進む。あのショッキングな姿の魚達と、一刻も早く離れたかった。

「下に行くにつれてキモチワルイ奴との遭遇率が高まる気がする……」

「深くなれば環境が過酷になるからね。寒くて水圧がきついし、食べ物も少ない。そんな中で生きていくには、常識の枠を飛び出さないといけないんだよ」

「だからって、下顎まで飛び出させることないだろう……」

愚痴ってから、深海に問う。

「本当に潜り続けていいのか？　果てが見えないんだけど」

「うん。道が続いているしね」

「道？」

「石段のことだよ。この螺旋《らせん》階段は、浮世とは違うものでしょ？　だったらこれは、こちらで必要だから存在しているんだ」

深海に迷いはない。表現方法は変だが、確信はあるようだ。

果たして、この先に何があるというんだろうか。マリンスノーが舞うだけで、底は未《いま》だに闇の中だ。

「ねえ、リンちゃん。君の心の海はどうして、スカイツリーだったのかな。大空君と一緒に行ったの？」

首を傾げる深海に、僕は「違う」と即答した。

「大空兄ちゃんが、深い海の底に行きたいって言ってたんだ。その時、スカイツリーが引き合いに出されて……」

「それじゃあ——」

一瞬の間の後、深海はこう言った。

「海の底に、いるかもしれないね」

びくっと身体が震える。それは僕も予感していたことだった。

「大空兄ちゃんが……？」

深海が静かに頷《うなず》く。

「とはいえ、ここは心の海だから、いるのは本物じゃないよ。君の心の大空君。でもきっと、その大空君が答えを持っているんだ」

「なんか……怖いな」

「どうして怖いんだい？」

身体が冷えている。ぶるっと背筋に悪寒が走った。海の底に近づくごとに、下がった水温がきしきしと骨身にしみてくるのだ。

「知っちゃいけないことが、待ってる気がして」

深海は足を止めた。

「ここは、リンちゃんの海だ。知らないことなんて、ここにはないんだよ。だからきっと待っているのは、君が〝思い出したくないもの〟だ」

「思い出したくない……もの……？」

寂しそうな笑顔が頭に浮かぶ。大空兄ちゃんは、よくそんな顔をした。今にも消えてなくなってしまいそうな人だった。

「兄ちゃん、僕に何か言った気がする。そう、スカイツリーの話の後に――」

記憶を掘り起こそうとする。だが、できなかった。漠然とした苦しみが胸を襲い、それ以上掘り進められない。ざわつきが、僕の邪魔をする。

僕の身体の震えに気づいて、セバスチャンは短い脚でそっと頭を撫《な》でてくれた。吸盤が髪の毛にくっついて少し痛かったけれど、優しさだけはちゃんと伝わる。

「主《あるじ》、リンちゃん様が辛《つら》そうです。一度、お戻りになった方がいいかもしれません」

「……そうか。リンちゃん、どうする？」

深海の両手が背後から、そっと僕の肩を抱く。大空兄ちゃんと同じ手の感触に、心臓が止まりそうになる。

でも、それは深海《ふかみ》のものだった。大空兄ちゃんよりも、ずっと生命力に溢れている。大空兄ちゃんは遠慮がちに触れる人だったけれど、深海は馴《な》れ馴《な》れしくて遠慮がない。

どんなに似てても、深海は深海だ。

深呼吸をすると、潮の香りが肺に染み渡る。いくらか、頭がすっきりした。

「大丈夫。行く」

足を踏み出す。

「そっか。リンちゃん、強い子だね」

「辛くなったら、いつでもお申し出くださいね」

勇気づけてくれる深海と、気遣ってくれるセバスチャンの存在がありがたい。

これだけのことをしてもらって、宝物を見つけないわけにはいかなかった。

やがて、僕らは完全な暗闇に包まれた。深海が小さなライトで照らしたところ以外は、何も見えない真の闇だ。

時折、赤い光を放つ生き物が泳ぐ。アカチョウチンクラゲというらしい。掌《てのひら》に載ってしまうくらいの大きさで、その名のごとく提灯《ちょうちん》みたいな姿で浮遊している。

ライトの前に、ぬっと魚が現れた。

「うわっ！　何だこれ！」

頭が透明だ。中身が透けて、大きな眼球が丸見え。そんな姿で平然と泳いでいる。

「その子はデメニギス。頭がスケルトン仕様で、オシャレでしょ？」

「っていうか……いいのか、こんな無防備な姿で」

「スケスケだけど、ガードはあるし」

「そりゃあ、そうだけど……」

ひれはいずれも大きく団扇《うちわ》みたいだ。そのひれのお蔭《かげ》なのか、潜水艦みたいに安定した動きをしている。見ようによっては、メカニカルでカッコいいかもしれない。

「この仕様なら、上も眺められるでしょう？　獲物のシルエットを捉《とら》えられるのさ」

「ああ、なるほど……。こいつ、探すことに長《た》けてるんだ」

「そういうこと。厳しい環境で生き残るために、色んな技を身につけるのさ」

深海は、自分のことみたいに誇らしげだ。

「さあ、リンちゃん。そろそろ着くみたいだよ。スカイツリーの麓《ふもと》だ」

ライトで照らした先に、螺旋階段の終わりが見えた。

悠然と泳ぐデメニギスに手を振る。見上げると、あれだけ不気味だった魚たちの燐《りん》光《こう》が、満天の星空みたいに見えた。名残惜しく思いながらも、僕は先を急ぐ。

その時、気がついてしまった。螺旋階段の先に、不自然な影があることに。

「深海、セバスチャン。何かいる……」

「ん？　何だろう」

「海の生物では、なさそうですよ」

深海とセバスチャンは身を乗り出す。僕も目を凝らして、すぐに息を呑《の》む。

男の人だ。その後ろ姿には、見覚えがあった。

「大空兄ちゃん！」

思わず叫んでしまった。僕の声に、影が振り返る。

ライトに当たったのは深海と同じ顔の——大空兄ちゃん、その人だった。

「あ、主……！　主と同じ顔ですよ！」

「ホントだ。この顔だ……」

セバスチャンは絶句し、深海は己の顔をぺたぺたと触る。

大空兄ちゃんは、そっと口を動かした。

「え、なんて」

もう一度、兄ちゃんは口を動かす。今度はハッキリと分かった。

兄ちゃんはこう言っていたのだ。

『ぼくをさがさないで』

「待って！」

大空兄ちゃんの姿が掻《か》き消える。気づけば、僕は螺旋階段から飛び降りていた。

「リンちゃん！」

深海の声が頭上から聞こえる。僕の身体は浮力に助けられ、海の底へと辿《たど》り着いた。

泥が舞い上がり、辺りが白くなる。

「ああ、びっくりした……。心臓が飛び出したかと思いました！　リンちゃん様、お怪我はありませんでしたか？」

頭上から震える声がした。

「あっごめん、セバスチャン。君がいたんだっけ」

怪我はないよ、と伝えて大空兄ちゃんの姿を探す。けれど、どこにもいない。

「リンちゃん、大丈夫？」

深海も飛び降りてきた。泥の上に降りるのに慣れているのか、僕より大きな身体のくせに、白い煙が舞い上がらない。

「何か、思い出した？」

「ああ。……いや。正確には、思い出しそうっていうだけ」

もう少し時間がほしい。頭の中がぐちゃぐちゃだ。

笑顔の大空兄ちゃん、悲しそうな大空兄ちゃん、色んな大空兄ちゃんが脳裏を駆け巡る。そして最後に全ての兄ちゃんがこう言うのだ、『ぼくをさがさないで』と。

螺旋《らせん》階段をぐるりと囲んでいた壁に、大きな扉があった。出口だ。

「リンちゃん、行く？」

「……行く」

扉を押して道を作る。泥の白い靄《もや》が立ち込める中、僕らは広いホールに出た。

そこには誰もいなかった。兄ちゃんも、他の生き物も。

「……静かだな」

「海の底なんて、そんなもんだよ。静かで、暗くて、寒くて。自分以外の生き物には、めったに会えないんだ」

深海はあっさりと言った。視線が足下に落ちる。

「いくら歩いても泥ばかり。だからこそ、たまに出会う相手が貴重なのさ。それが自分より弱い相手だったらごはんにするし、自分と同じ種族だったら結婚する。そうやって、みんな必死に生きていくんだよ」

ついさっき見た、ショッキングな姿の魚達を思い出す。

「……そっか。地上は——というか、僕が住んでる東京なんかは、外を歩けば人に会うのが当たり前だから。他人とたまにしか会えないとか、ちょっと想像できないな」

「毎日誰かと会ってると、大事なものが見えなくなりそう。人との出会いは、大事にしたいよね」

深海はホールをそぞろ歩きながら、そんなことを言った。単純明快だけど真理だ。

この奇妙な男と会ったのも、考えてみれば偶然だった。水族館に行ったのも偶然なら、そこで深海の店を見つけたのも偶然だ。

深海と出会えたのは、偶然という奇跡の賜物《たまもの》なんじゃないだろうか。

「……深海。僕が宝物を見つけたら、どうなる？」

「どうって？」

深海は首を傾げる。妙なところで察しが悪い。

「……僕は、深海の店に行けなくなるんじゃないのか？」

「そうだね」

深海はちょっと困ったように笑った。

「……だよな。宝物を失くした人間が入れるなら、宝物を取り戻した人間はもう入れない。入る必要がなくなるって、深海が言ってたんだもんな」

「そうなんだよね。本当は、もっとリンちゃんのことを知りたかったんだけど」

改めて言われると、気恥ずかしい。

「そ、その、どうにかなったりは、しないのか？」

カフェへの扉が閉ざされない方法。そんなものが、もしあるのなら。

しかし、深海の返事は明快だった。

「無理かな。決まりは決まりだから」

「……決まり、か」

外が苦手で、あの店からまともに出ることもできず、ずっと誰かが来るのを待っている。たまに来たかと思えば、その人はすぐにいなくなる。餌《えさ》なら捕えればいいし、同族なら結婚すればいい。けれど、深海にとって相手はどちらでもないから、ただ見送ることしかできない。

深海のことを、今まで以上に、深い海の生き物みたいだと感じた。

いや、深海は心の宝物を見つけてくれる。そこまで尽くしてくれるのだから、そこらの深海《しんかい》生物なんかより、ずっといじらしくて健気《けなげ》ではないか。

そんな彼に会えなくなる。そう思うと、心にもう一つ、穴があいたみたいになる。

僕は深海《ふかみ》の顔から目を逸《そ》らした。

「あっ」と深海は声をあげた。新しい扉を見つけたのだ。

「ここから外に出られそうだよ。行こう」

言いながら、扉をこじ開ける。

施設の外に出た。けれど周囲には、泥の大地が広がっているだけだった。

やはり大空兄ちゃんの姿はない。

「……どこに行ったんだろう」

一歩踏み出そうとしたら、「待って下さい！」とセバスチャンが視界を覆った。小さな吸盤がぺたぺたと頬や額に張りつく。

「わっ、わわっ、どうしたんだよ！」

「ああ。危なかったね、リンちゃん」

深海に言われて、セバスチャンをどかして足下を見てみると、白みを帯びた虫みたいな生き物がうずくまっていた。

「な、なんだ、これ。フナムシ？　それとも、ダンゴムシ……？」

わらじみたいな姿をした生き物は、緩慢な動きでヒゲを振っている。

「ビンゴだよ！」と深海が嬉《うれ》しそうに言った。

「この子、フナムシやダンゴムシの仲間なんだ。オオグソクムシっていうんだよ。具足っていうのは、武将が身につける甲冑《かっちゅう》のこと。ほら、かっこいいでしょ？」

「う、うん……」

どちらかと言うとわらじなのでは、という言葉は呑《の》み込んだ。

手のひらですっぽり覆えるくらいのサイズのオオグソクムシは、ゆったりとした動作で歩いている。ヒゲを振りながら、何かを探しているみたいだった。

「何を探しているんだろう」

「食べ物かな。この子は肉食だからね。生き物の死骸《しがい》でもあれば御馳走《ごちそう》なんだけど」

「死骸かぁ……」

グソクムシと距離を取りつつ歩いていると、大きな影が近づいてきた。

「……カニ？」

「そう。タカアシガニだね」

巨大なカニだった。長くて堅そうな脚を檻《おり》みたいに組んでいる。

「どちらも、沼津港深海水族館にいたよ」と言われ、ようやく思い出す。タカアシガニの時は深海がはしゃいでいる印象ばかりが残っていて、オオグソクムシは足がうぞうぞと生えていて苦手だったから遠巻きにしていたんだっけ。

タカアシガニは鋏《はさみ》をショキショキと鳴らして、オオグソクムシに接近する。オオグソクムシもそれに気づいたようで、慌てて身体を丸まらせる。

ダンゴムシの仲間なら、丸まって身を守れるはずだ。装甲もダンゴムシなんかよりずっと堅そうだ。タカアシガニの鋏も鋭いけれど、なんとか耐えられるだろう。

ところが、オオグソクムシは丸まりかけたまま動かなくなってしまった。

「えっ、どうしたんだ？　丸くならないと、食べられちゃうだろ？」

「リンちゃん、グソクムシは完全には丸くなれないんだよ」

「えっ、えええ！」

タカアシガニが鋏を振り上げる。鋏の先端は細長く、いかにも器用そうだ。きっと、オオグソクムシのお腹をえぐって食べてしまうことだろう。

「だ、ダメだ！」

思わず飛び出していた。タカアシガニを突き飛ばし、オオグソクムシを掌《てのひら》で掬《すく》う。カニの鋏が手の甲をかすめたけれど、気にしている暇はなかった。

間一髪で、オオグソクムシをタカアシガニの魔の手から救い出せた。

「ああ、危なかった……」

元の場所へ戻ったが、深海は困ったような顔をしていた。

「リンちゃん、どうしてそんなことをするの？」

「どうしてって……。オオグソクムシが食べられそうだったから、つい」

手の中で、オオグソクムシはじっとうずくまっていた。怯《おび》えているようだった。

「リンちゃんの気持ちは分かるけど、今のはちょっといただけないな」

「どうして？」

「深海《しんかい》は過酷な環境だって言ったでしょう。リンちゃんのお蔭《かげ》でオオグソクムシは難を逃れたかもしれない。でも、タカアシガニはどうなるの？　久し振りのごはんだったかもしれないのに」

「あ……」

振り返ると、タカアシガニが呆然《ぼうぜん》と立ち尽くしていた。空振りした鋏をショキショキと悲しげに鳴らしていた。

「ご、ごめん……」

でも今さら、オオグソクムシを進呈する気にもなれない。

「それに、リンちゃんが傷つくのを見るのも、ボクはやだな」

見れば、手の甲から血が出ていた。タカアシガニの鋏がかすったせいだ。大した出血じゃないし、あまり痛くもない。でも、悲しそうな深海《ふかみ》の顔を見ると胸が痛んだ。

「そうですよ、リンちゃん様。さっきもそうですが、ご自愛なさってください」

セバスチャンにまで言われてしまう。

「うん……気を付ける」

オオグソクムシを地面に置くと、ぴゃっと逃げるように泳いでいった。ただ泳ぐのではなく逆さまで進むので、なかなかにシュールだ。

「まあ結果的に、タカアシガニはごはんを失っちゃったけど、オオグソクムシは助かったんだ。オオグソクムシ、リンちゃんに感謝していると思うよ」

深海が僕の手にハンカチを巻いてくれる。血を止めるように、ぎゅっと。

一方、オオグソクムシが泳いで行った先には、白い塊が鎮座していた。

「あっ……」

オオグソクムシを更に大きくしたような、枕ほどの大きさの生き物だった。前方にはギャングのサングラスみたいな複眼がついている。ヒゲも脚も、オオグソクムシより遥《はる》かに逞《たくま》しい。

「ダイオウグソクムシだね！」

深海がすかさず教えてくれた。

「だ、大王……？」

「具足虫の中でも、一番大きな子なんだ。いかにも大王さまって風格でしょう？」

確かに、只者《ただもの》ではないオーラを醸し出している。泳ぎ去ったオオグソクムシは、ダイオウグソクムシの目の前に静かに降り立つ。触角を振り合う姿は、まるで何かを話しているみたいだった。

ダイオウグソクムシは複眼で僕を一瞥《いちべつ》すると、のっそりと何処かへ歩いて行く。まるで、ついて来いと言っているみたいだった。

「何処へ行くんだろう」

「ついて行こう！」

深海が僕の手をとった。セバスチャンは僕の頭の上に載る。

ダイオウグソクムシに導かれるまま、スカイツリーの麓《ふもと》にある商業施設に沿って歩いて行くと、やがて広場に辿《たど》り着いた。

江戸紫に光るスカイツリーが、静かに僕らを見下ろしている。

遥か上方に、燐光《りんこう》のようなものが見えた。スカイツリーが発しているのか、あの深《しん》海《かい》生物の群れが発しているのかまでは分からない。

その麓に、大きくて白いものが横たわっていた。

「なんだ、あれ……」

よく見ると、たくさんの生き物が集まって、白く見えているのだった。ダイオウグソクムシも、引き寄せられるように歩いて行く。

「……クジラの死体だ」

深海《ふかみ》が言った。

「きっと、ずーっと上の方で死んだんだ。それが海底に落ちてきたんだよ」

クジラだったということが分からないくらい、それはバラバラになっていた。白い骨が剝《む》き出しで、生き物たちはそれを弔うように食《は》んでいる。

ダイオウグソクムシに、ヌタウナギもいる。深海によれば、ヌタウナギと一緒にいる黒くて細長い生き物はアナゴの一種らしい。つぶらな瞳《ひとみ》のおちょぼ口で、僕らが食べているアナゴとはちょっと違う姿をしていた。棘《とげ》だらけの真っ赤なカニもいる。エゾイバラガニだと深海が教えてくれた。肉はミルクのような味がするという。

大きなウニやナマコも、小さなサメもいる。

それは暗く冷たく深い海の、オアシスのようだった。

クジラの死によって、たくさんの命が潤う。素晴らしい光景なのに、なぜか胸騒ぎが収まらない。

僕は左胸のあたりをぎゅっと掌で摑《つか》んだまま、クジラの死骸に歩み寄った。

クジラの傍には、四角いものが落ちている。――人工物だ。

拾って泥を払った瞬間、僕は言葉を失った。

それは、ジュール・ヴェルヌの〝海底二万里〟だった。水に浸《つ》かっていたはずなのに、ふやけたりはしていない。ただ読みこんだ跡があった。そして、その経年劣化には見覚えがある。

八木のおばさんから、僕が借り受けた本だ。お守り代わりに、いつも鞄《かばん》の中に入れている。もちろん、今日だって。

どうしてこれが、ここに？

僕は慌ててページをめくった。やっぱり、大空兄ちゃんが愛用していたマッコウクジラの栞《しおり》も挟まっている。

僕が見つけたのは間違いなく、大空兄ちゃんの〝海底二万里〟だった。

――ぼくをさがさないで。

そう言った大空兄ちゃんの顔を思い出す。青白い顔は、悲観に満ちていた。

記憶がフラッシュバックする。

どうして僕は兄ちゃんを探そうとしなかったのか。どうして行方不明の事実を受け入れていたのか。そして大空兄ちゃんは、どこへ行ってしまったのか――。

「あ、あああああっ！」

「リンちゃん！」

くずおれそうになる僕を、深海が支えてくれる。全身から力が抜けていた。

「ああ、そうだ……そうだったんだ」

深海の腕の中で呻《うめ》く。泥の中から拾い上げた〝海底二万里〟は、僕の手の中であっという間に脆《もろ》くなり、端から風化するみたいにボロボロと崩れていった。

「このクジラは兄ちゃんなんだ。大空兄ちゃんは、海の底で眠っていたんだ……」

静かに横たわるクジラは、何も語らない。

「兄ちゃん……」

視界が滲《にじ》んで前がよく見えない。

セバスチャンが心配そうに見下ろしているような気がしたけど、僕はもう溢《あふ》れる涙を抑えることができなかった。

大空兄ちゃんは海が好きだった。だけど、身体がとても弱かった。

「僕の病気はね、治らないんだ。今はこうして起きていられるけれど、いずれ立つこともままならなくなるようだよ」

兄ちゃんは、そんな風に自分のことを話してくれた。

「そうなったら、もう二度と、どこにも行けないな」

一緒に水族館にも行けないの？　サンシャイン水族館なら、うちから近いでしょ？　今からでも行こうよ！」

「ダメなんだ。そんなことをしたら、倫が怒られてしまう」

大空兄ちゃんの手が僕の頭を撫《な》でる。大きいのに、弱々しい手だった。今にも消えてしまいそうだった。

でも、僕はその手が何より好きだった。

「だけど、最期に海には行きたいな」

「さいごとか言わないで……」

泣いてぐずる僕を、「ごめんね」と兄ちゃんは抱き寄せる。

「僕には願いがあるんだ。倫だけは聞いておいて欲しい。でも母さんや父さんが知ったら、きっと僕にずっと張り付いてしまうだろうから、秘密にしておいてくれる？

──ううん、ごめん。秘密じゃなくて、ぜんぶ忘れて。できるかな」

「わ、わかった。できる！」

「ありがとう」

大空兄ちゃんは目を細める。微笑んでくれたのが嬉《うれ》しくて、僕もつられて笑った。

「もしいつか僕がいなくなったとしても、もう、僕を捜さないで。それは僕が行きたい場所に行ったっていうことだから」

「ど、どういうこと？」

「僕はね、燃やされて骨になって灰になって、お墓の下に入るのが怖いんだ」

その言葉に震えが走る。僕には、兄ちゃんが物言わぬお骨になる方が怖かった。

「お墓の下に入る時は、一人一人、骨壺《こつつぼ》に納められるでしょう？　そして、ずーっとそこにいる。それって寂しいことだと思うんだ」

「よく……分かんない」

分からなくていいよ、と大空兄ちゃんは笑った。

「でも、僕は寂しがり屋だから。こうして倫がそばにいてくれると、安心するんだ」

「本当？」

「本当さ」

「じゃあ、僕がずっと一緒にいるよ！　もし、灰になっても！」

「はは、ありがとう。……でも、それは難しいかな」

「どうして？」

「世の中がそういうものだからさ。それに、僕は〝八木大空〟としての生を終えた時、みんなと一緒にいたいんだ」

「みんなと……一緒に？」

「ねえ、倫。〝死〟が〝終わり〟であることは幻想なんだよ。もし〝八木大空〟としての死がやってきても、僕は終わりじゃない。もちろん君もね。僕たちは、ばらばらになって、みんなのもとに行くんだ」

蟬が死んでいるのを見たことがあるか、と訊《き》かれた。僕は迷わず頷《うなず》いた。

夏の暑い日、木陰で仰向けになって、ピクリともしない蟬がいた。蟬には蟻がたくさん集《たか》っていた。蟻が蟬を食べてしまうんだと思ったら、ちょっと怖かった。

「食べるという行為は恐ろしいものに感じるかもしれない。けれど、その蟬は蟻の命に溶けて、蟻と一緒になったんだ。土の中に暮らす微生物にも食べられて、彼らとも一緒になれる。こうして蟬の命は次に繋《つな》がるんだ。人間だって、そうだろう？」

その日の朝食を思い出す。パンとベーコンエッグと、味噌汁《みそしる》とサラダだった。

ベーコンは豚だ。卵は鶏が生む。味噌やサラダやパンは植物を加工したものだ。

「彼らの命は、みんな倫と一緒になってる。彼らは倫であり、倫もまた彼らなのさ」

「……よ、よく分からないけど、兄ちゃんが死んじゃっても、みんなの中に溶けたら死なないってこと？」

「そういうこと」

　大空兄ちゃんは大きく頷いた。

「……僕は海に還《かえ》りたい。全ての生き物は海から来たと言うしね。だから海に還って、みんなと一緒になるんだ。骨壺の中じゃどこにも行けないけれど、海の生き物と一緒になれば、僕はもうどこにでも行ける。マッコウクジラやダイオウイカにも会えるかもしれないし、誰も見たことがない生き物と友達になれるかもしれない」

「行けるといいね。海に」

「ああ。行くよ」

　その顔は確信に満ちていた。

　それが、大空兄ちゃんを見た最後になった。

　僕は、兄ちゃんがどこに行こうとしているか知っていた。実行に移すほどの準備が整っていることも察していた。

　兄ちゃんは僕に〝捜さないで〟と言った。そして〝忘れて〟とも。

　だから、大空兄ちゃんが姿を消した時、みんなほど戸惑わなかったのだ。

　クジラに集まる生き物たちの邪魔にならないように、僕らは少し離れたところで、その饗宴《きょうえん》を見つめていた。

「僕が失くした〝宝物〟は、大空兄ちゃんの遺言だった。そして、この気持ち……」

胸に触れると、まだざわざわしているのが分かった。

「僕は、海が嫌いなんだ」

僕を心配そうに見ていた深海とセバスチャンは、哀しげに顔を見合わせる。セバスチャンは僕の頭から降りて、今は深海の腕に収まっていた。

「好きになんか、なれるもんか。大空兄ちゃんを虜《とりこ》にして、連れて行っちゃったんだぞ。僕だって、兄ちゃんの傍にいたかったのに！」

足下の泥を掴《つか》んで投げる。それは弧を描く前に、宙で霧散して白い煙になった。

「大空兄ちゃんの傍に、いたかったのに……」

「リンちゃん」

「けど、それは兄ちゃんが望むことじゃない。だから、我慢してたんだ……」

「だから、捨てたんだね」

僕は、無言で頷いた。

「海なんて嫌いだ。だけど、僕に海は憎めない」

大空兄ちゃんが、大好きだった海だから。

僕は、クジラに群がるたくさんの命を見つめる。

海底に沈んで腐敗した肉体はやがて、水と土に還り、また新しい命の血肉となって、循環の中を生きる。そうやって、今も生き続けているのだろう。——兄ちゃん自身が、望んだ通りに。

「大空兄ちゃんは、いま海なんだ。そしたら、憎《にく》めるはずがないじゃんか……」

拳《こぶし》に力が籠《こも》る。ぶるぶると震えるそれに、そっと何かが触れた。深海の手だった。

「リンちゃん、君は優しいね」

「優しくなんか……ない」

「泣いていいんだよ。溜《た》まってたもの、ぜんぶ出しちゃいなよ。ここは海の中だし、どんなに泣いても平気だよ。海水が、涙を呑《の》み込んでくれるからね」

ぽん、と頭に手を置かれる。

兄ちゃんと同じ大きな手で触れられて、僕はとうとう決壊した。

七年分の涙がこぼれる。

「ふ、ふかみぃ……」

すがりつく僕を深海は静かに抱き寄せ、撫《な》でてくれた。兄ちゃんというよりは母に近い、そんな慈愛に満ちた撫で方だった。

セバスチャンも訳知り顔で、しゃくりあげる僕の背中を短い脚でさすってくれた。だけど小さい吸盤がぺたぺたくっつくだけで、やっぱりあんまり意味がなかった。

けれど、まだやるべきことがあった。

「ああ、そうだ……」

深海の胸で存分に泣いた僕は、ふと思い出す。泣き過ぎて身体に力が入らなかったけれど、まだやるべきことがあった。

深海とセバスチャンを置いて、ふらふらと元来た道を戻る。

そこにタカアシガニがぽつんと佇《たたず》んでいた。泥の真ん中でしょんぼりしている。

「さっきはごめん」

頭を下げる。タカアシガニは無言で、恨めしげな目をこちらに向けた。

「あ、あのさ。お詫《わ》びになるか分からないけど……」

硬い甲羅の背中を押す。ぐいぐいと強制的に歩まされ、タカアシガニは迷惑顔だ。

「……これ、もし良かったら」

僕が示した先を見て、タカアシガニは目の色を変えた。

そこにあったのは、クジラの亡骸《なきがら》だ。オオグソクムシよりずっと大きい。

タカアシガニは複数の脚を器用に動かし、いそいそと歩んでいく。どうやら横取りの埋め合わせはできたようだ。

クジラの前まで来たタカアシガニが、僕の方を振り向いて、ぺこりとお辞儀をしたようにも見えた。

僕は〝宝物〟を取り戻した。

大空兄ちゃんがいないお墓の前で手を合わせ、元気であるようにと祈る。

今はどこを旅しているんだろう。もしかしたら遥《はる》か彼方《かなた》の海外にまで行っているかもしれない。逆に、僕らの食卓へ戻っているかもしれなかった。

すべてを思い出した後も、八木のおばさんには、このことは話していない。申し訳ないけれど、これは大空兄ちゃんと僕だけの秘密だ。僕が来栖倫太郎でなくなる日まで、ずっと黙っていることだろう。

霊園を出て、都電に乗って帰るためにパスケースを取り出す。中には電子マネーのプリペイドカードと、あと一枚。年間パスポートが入っていた。

サンシャイン水族館のものだ。

「深海、セバスチャン……」

あの二人には、もう会えないのだろうか。

心の海から戻った日、顔を見たら涙が込み上げて来そうだったので、挨拶《あいさつ》もろくに交わさずに店を出て来てしまった。

最後に「ありがとう」しか言えなかった。それも、すごくぶっきら棒な。

「……大空兄ちゃん、僕も、寂しがり屋みたいだ」

心に冷たい風が吹き抜ける。

胸のあたりに、ぽっかりと穴があいてしまった気分だ。

気配り上手だけど空回りする、あのメンダコ執事はどうしているだろう。大空兄ちゃんと同じ顔をした、馴《な》れ馴《な》れしくて明るいあの店主はどうしているんだろう。

年間パスポートを握り締め、僕は東池袋に向かった。スカイツリーほどのっぽじゃないけれど、東京の空に堂々とそびえるサンシャイン60ビルの姿があった。

水族館は、深海と初めて会ったあの日と同じように僕を歓迎してくれた。

可愛らしいチンアナゴに美しいツノダシ、チョウチョウウオ。彼らは愛想よくひらひらと僕を楽しませてくれる。だけど何かが足りない。

大きな水槽の前につくと、これからパフォーマンスが始まるようで、早くも人だかりができていた。

「いつ来ても人が多いなぁ、ここは」

ほとんどのお客さんが誰かと来ている。家族や友人、恋人同士で。そんな中、僕だけが一人だった。

とぼとぼと次のエリアに向かう。確か、クラゲのコーナーがあったはずだ。

その時、見慣れた看板が目に入った。レトロな文字で、こう書かれている。

――〝深海カフェ　海底二万哩《マイル》〟。

「えっ」

目を擦《こす》って確かめる。見間違いじゃない。

僕はノブをひっ摑《つか》むなり、カフェの扉を開け放った。

縦穴を模したようなエントランスを抜け、中へ踏み入る。潜水艦のような、ミュージアムのようなカフェが、これまでと変わらず僕を迎えた。

黒一色のテーブルには青年がひとり、ぼんやりと座っている。

「深海！」

「……ねえ、セバスチャン。ボク、ついにリンちゃんの声の幻聴が聞こえるようになったみたい」

「……奇遇ですね。私もです」

ふわふわと漂うメンダコが、神妙に答える。

「幻聴じゃない！　僕はここにいるぞ！」

二人の前に飛び出す。驚愕《きょうがく》に目を見開いた深海が、まるでばね仕掛けの人形のように立ち上がり、セバスチャンがくるくると宙を舞った。

「リンちゃん！」

「リンちゃん様、なぜ⁉」

「僕にもよくわからないんだ。深海とセバスチャンのことを考えてたら、何故かいきなり看板が見えて」

深海もセバスチャンも、ぺたぺたと僕のことを触る。まるで、実体であるのを確認するかのように。

「もしかして……」

「主《あるじ》、何か心当たりが？」

「リンちゃんはまた〝宝物〟を失ったんじゃないのかな」

その言葉に、セバスチャンはぎょっとする。

「ま、ま、またリンちゃん様は大事なものを……？　それは一体、何なんです？」

セバスチャンは僕と深海を交互に見やる。耳がいつもよりせわしく動いていた。

「それは、ねぇ？」

深海が僕に微笑みかける。……なるほど、そういうことか。

「えっ、リンちゃん様にも心当たりが？　では大至急、心の海に参りましょう！　失くした宝物をまた見つけて来なくては！」

扉に猛突進するセバスチャンを「いいんだよ」と深海が鷲掴《わしづか》みする。短い脚がわさわさと動き、抗議の意思を示していた。

「心の海に行ってもしょうがない。でも、ここにちょくちょく遊びに来れば大丈夫」

「そ、そ、それは、どういうことで……」

「リンちゃんから直接聞くといいよ」

深海はセバスチャンをぱっと放す。真面目なメンダコ執事は僕をじっと見つめた。

「リンちゃん様……」

「だ、ダメだ。教えない」

「何故です！　このセバスチャンだけのけ者ですか！」

「そ、そうじゃなくて」

セバスチャンが鼻先にまで詰め寄る。とても磯臭い。

「実はね、リンちゃんは――」

「わーっ、わーっ」

慌てて深海の口を塞《ふさ》ぐ。

それでもへらへらと笑っているので、海底の泥の中に叩《たた》きこんでやりたくなった。

僕には新しい〝宝物〟ができていたのだ。

そこから離れると宝物が失われてしまうので、縁が切れないようになったのかもしれない。

翌日、深海は新しいメニューを考案したと言って、子供のようにはしゃいでいた。

「じゃーん！　〝くじらコーヒーゼリーアラモード〟！　リンちゃんに新メニューを食べてもらいたかったんだけど、あのときはそんな余裕がなかったからさ」

「ああ。挨拶もそこそこに立ち去ったから……」

「それだけじゃないよ。リンちゃんとお別れしなきゃいけないかもって思ったら、新メニューどころじゃなくなっちゃって！」

「主はずーっと上の空でしたからねー」

セバスチャンが頷《うなず》く。嬉《うれ》しいけど照れくさい。「そっか」と、つい素っ気なくなってしまう。

「ま、まあ、そんなに言うなら頂くよ」

「ありがとう、リンちゃん！」

深海は相変わらず無邪気だ。

テーブルに置かれたのは、クジラみたいな大きくて細長い器だった。その上にぷるぷるのコーヒーゼリーが載っている。ゼリーを取り囲むように、アイスやクリームや果物もこんもりと盛られていた。

「わっ、うさぎリンゴじゃないか。深海、やっぱり器用だな」

可愛いうさぎの形にカットされたリンゴが二つ並んでいる。けれど、深海は「違うんだよね」とにやりと笑った。

「これはね、タカアシガニなんだ。ほら、赤い鋏《はさみ》が二つ！」

「ウサギの耳じゃなくて、鋏……だと……」

皮の部分の切り込みは、タカアシガニの鋭い鋏を表現していたらしい。言われてみれば、うさぎにしてはかなりの細面だ。

「この、縦に長いバニラアイスは、もしかして」

バニラアイスにはチョコソースで横縞《よこじま》が描かれていた。まさか、この形は……。

「そう。ダイオウグソクムシだよ！　いいでしょう！」

そうか。これは泥の砂漠に築かれたオアシスなんだ。そう言われるとアイスや果物が海の生き物で、コーヒーゼリーは静かに横たわるクジラに見えてきた。

「主。バナナが随分と大きくて突起がついているのですが」とセバスチャンが添えられたバナナをまじまじと見つめる。

「サメみたいだな……」

「リンちゃん大当たり！　実は、クジラが沈んだ時に真っ先に歯を立てるのは、サメなんだよ。サメが肉にかぶりついてバラバラにすると、あとでみんなが食べやすくなるというわけ」

「もしかして、イタチザメ……？」

ホワイトチョコレートがバナナの身体の背びれや尾びれになっている。チョコチップの瞳《ひとみ》もくっついていた。芸が細かい。

「そう。イタチザメとかカグラザメが、そういうサメだね」

僕の知らないサメも交ざっている。今後、会える機会は訪れるのだろうか。

「でね。ここのイチゴがエゾイバラガニ。ちょっと練乳もかけてみたよ。ミカンはオオグソクムシだね。こっちの生クリームは、ヌタウナギとコンゴウアナゴのジェットストリームな感じかな」

「なんだよ。その、ジェットストリームって」

真剣に説明する深海が、なんだかおかしくて微笑ましい。

ふと気づくと、深海とセバスチャンが目を丸くしてこっちを見ていた。

「ど、どうした？」

「……リンちゃんが笑った。見たよね、セバスチャン」

「ええ。このセバスチャン、しかと拝見いたしました」

二人は頷きあう。僕は慌てて頬に手を当てた。

「わ、笑ってないし！」

しかし、時すでに遅し。深海は目をキラキラさせている。

「笑ってた！　すごく可愛かった！」

「可愛いって言うな！」

僕の声がカフェに響く。たった三人しかいないというのに、〝海底二万哩《マイル》〟は今日も賑《にぎ》やかだ。

コーヒーゼリーを一口頬張ってみる。添えられた生クリームが、口の中でしゅわっと溶けた。しっとりとした甘さと、コーヒーのほろ苦さが絡み合い、口の中を幸せで満たしてくれる。

「ん……。おいしい」

「良かった！　リンちゃんに気に入ってもらえて！」

「……そんなに喜ぶなよ。大袈裟《おおげさ》だな」

深海の全開の好意は相変わらずこそばゆい。照れて食べにくくなるから、できるだけそちらを見ないように、黙々とゼリーを口に運ぶ。

コーヒーゼリーと一緒にフルーツや生クリームを食べると、大空兄ちゃんの優しい笑顔が思い浮かぶ。兄ちゃんは、海の生き物と戯れながら海の深いところを楽しそうに泳いでいる。でもその笑顔は少しだけ、深海に似ていた。

「兄ちゃん……」

まだ胸はうずくけれど、もう寂しくはない。

大空兄ちゃんは、いつも僕のそばにいる。

「おかえり、リンちゃん」

——おかえり。

深海の言葉と笑顔が、僕の心の穴に、しっくりとはまったような気がした。

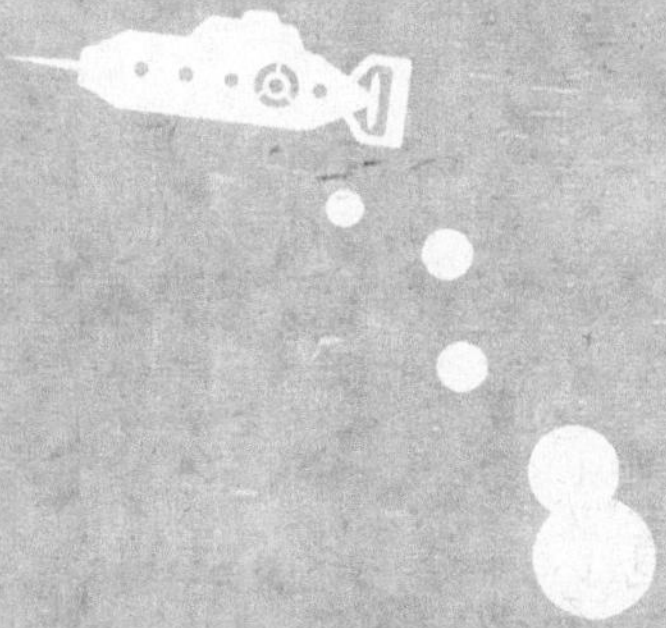

ブレイクタイム
ペンギンウォッチング

Shinkai
Cafe
20000 Leagues
Under the Sea

ふと、ペンギンのような水陸両用生物が恋しくなる時がある。

「そういえば、ペンギンをすごく推してる水族館があったっけ」

ここは〝深海《しんかい》カフェ　海底二万哩《マイル》〟。

土曜のランチのパスタを食べ終えた僕は、自席で携帯端末を弄《いじ》っていた。インターネットで検索をしていると、背後から深海《ふかみ》がひょっこりと覗《のぞ》き込んできた。

「リンちゃん、何を見てるの？」

「可愛いペンギンがたくさんいる水族館を探してるんだ」

「可愛い生き物だったら、セバスチャンがいるじゃない」

それを聞いたセバスチャンは、ふよふよと僕の前にやってきて、ピンと背筋を伸ばす――かのように身体を引き伸ばした。しつこいようだが、メンダコに背筋はない。

「……いや、僕はペンギンを見たいんだよ」

「このセバスチャンでは、お役に立てぬと！」

がーんという効果音がつかんばかりに、セバスチャンは叫ぶ。

「え、えっと、そうじゃなくて。たまには浅い海の生き物も見たいかなって」

「り、リンちゃん……」

深海の声が震えている。まずいことを言ってしまっただろうか。

「え、えっと、そのー」

「リンちゃんの……リンちゃんの浮気者！」

わーっと深海がテーブルに突っ伏す。他に客がいないからいいものの、こんな調子でこの店の店主なのだから扱いに困ってしまう。そもそも、どうして浮気なんだ。

「浮気って何だ、浮気って！　第一、深海生物《しんかい》に操を立てた覚えはないぞ！」

「な、なんと！　主《あるじ》、我々は弄《もてあそ》ばれていたのでしょうかっ！」

セバスチャンが悲鳴をあげる。深海《ふかみ》はふざけている時があるが、こちらのメンダコ執事は本気で勘違いをしているので性質《たち》が悪い。

「すごいよね、リンちゃん。可愛い顔をしてなんとやら。悪女ってやつだね……」

「僕は男だ……」

呻《うめ》くように言うと、僕はガックリと項垂《うなだ》れた。

検索して出てきたのは〝すみだ水族館〟だった。東京スカイツリーの麓《ふもと》にある都会型水族館だ。

そして結局、深海も「ボクもペンギンを見たい！」と言って、くっついてきた。

「すみだ水族館にも、ダイオウグソクムシやテヅルモヅルがいるんだよ」

「……また深い海の生き物か」

活《い》き活《い》きと説明を始めた深海の隣で、僕はげっそりする。

べつに深海《しんかい》生物が嫌なわけじゃない。でもパスタだって、毎日ナポリタンばかり食べていたら辛《つら》くなる。たまにはカルボナーラだって食べてみたい。

「ほら、リンちゃん。チケット出して」

「ん」

水族館の入り口で、チケットを出す。

神出鬼没の店〝海底二万哩《マイル》〟の扉を、すみだ水族館内に直接繋《つな》げることもできたはずだけど、深海《ふかみ》はそうはしなかった。

「入場料は館の維持費になるからね。たくさんあれば水族館の子が、その分幸せに暮らせるんだ」

そう言って、大人二人分の入場料を払ってくれた。この借りは、いつかちゃんと返さなくては。

すみだ水族館の入り口は、ブルーライトで彩られていた。

「うわぁ、綺麗《きれい》だな。浅い海の中にいるみたいだ」

「あ、リンちゃん。あれを見て！」

階段を上ってすぐのところに、大きな水槽がある。流木が横たわり、水草も青々と茂り、明るい光が降り注いでいた。

「この中、ポンプで空気を送ってないんだって」

「えっ、それじゃあ、どうやって維持してるんだ？」

「この光で水草に光合成をさせているんだよ。光合成で排出された酸素を、まず魚が取り込む。魚が糞《ふん》をして微生物が分解する。それを栄養にして水草が生きていく。そうやって、水槽の中で生命の営みが成されているんだ。素敵だね」

深海は水槽の中をじっと見つめる。彼の体質のせいか、降り注ぐ光を眩《まぶ》しそうにしていたけれど、その横顔は嬉《うれ》しそうにも見えた。

「深海は、深い海の生き物だけじゃなくて、浅い海の生き物も好きなんだな」

「ボクは全ての生き物を愛しているよ。勿論《もちろん》、リンちゃんも好きさ」

深海は屈託なく微笑む。あまりにも直球すぎる言葉に、顔が一瞬で沸騰した。

「す、す、好きって……！」

「どうしたの？　リンちゃんはボクのこと、好きじゃない？」

深海は首を傾げる。くそう、子供みたいに無垢《むく》な顔をしやがって！

その時、「わー、相変わらずキレイだね！」という緊張感のない声が、すぐ隣で聞こえた。

見ると、若い男性二人が、目を輝かせて水槽を眺めていた。

男二人組には個人的に軽くトラウマがある。心の中で警戒レベルを上げていると、よりにもよって深海が、わざわざこの二人に絡みに行ってしまった。

「二人とも、ここの常連なの？」

「ええ。常連ってほどじゃないかもしれませんけど、ちょくちょく来てますね」

「そうそう。ここはペンギンが可愛いし！」

この男性二人は対照的だった。片方は、地味な服装で地方の大学生にも見える純朴そうな青年。もう片方は垢抜《あかぬ》けた雰囲気で、いかにも女子に好まれそうな顔立ちの青年だった。深海に名乗ったところによれば、前者は彼方《かなた》さん、後者は奈々也《ななや》さんというらしい。

二人もまた、ペンギンを見に来たそうだ。僕のことは深海が「リンちゃんだよ」と簡単に紹介してくれて、なしくずしに四人で見て回ることになった。

「いやぁ、ペンギンは可愛いですよね！　特にアデリーペンギンなんてサイコー！目の周りだけ白いところも、全体的に何だか隙だらけなのも良い！」

奈々也さんがペンギンを絶賛している。この人はかなりマニアックなファンだ。

「ペンギンもいいけど、深い海の生き物もいいと思うよ！　ほら、あっちを見て！」

マニアックなことにかけては負けていない深海が、奈々也さんと彼方さんの背中をぐいぐいと押す。向かった先は、やけに暗くなった一角だった。

遠目に見てもすぐに分かる。深海生物のコーナーだ。

「うわっ。なんか、おばけでも出そうな雰囲気……！」

奈々也さんの腰が引けている。無理もない。赤い灯《あか》りがぼんやりとついているだけなのだから。

「おばけじゃないよ。ちゃんとした生き物だよ。ほら！」

「うわっ」

「ひえっ」

二人の成人男性は同時に悲鳴をあげる。

深海が見せたのは、ダイオウグソクムシだった。話題の生き物とはいえ、そのグロテスクな姿は好き嫌いが分かれるところだ。初心者相手にいきなりこれは、ちょっと酷じゃないだろうか……。

「でっかいフナムシ！　それともダンゴムシ⁉」

うえぇと叫びながら、奈々也さんが水槽から離れる。

「ぴんぽーん。フナムシやダンゴムシのお友達なんだ。身体だって丸められるよ」

ただし、完全に丸まることはできないけど。

深海が喜々として説明する隣で、彼方さんはダイオウグソクムシを凝視していた。

「おばけなら見慣れてるけど、こういうのはあんまり……」

聞き捨てならない台詞《せりふ》を聞いた気がする。どうしておばけは見慣れてるんだ。地味な顔してこの人、実は霊能者なんだろうか。

「ほら、こっちにはテヅルモヅルもいるよ！」

「あ、レースみたいで綺麗……って、動いてる！」

「うわぁ、き、気持ち悪……！」

「こら、彼方君。気持ちが悪いなんて言ったら、テヅルモヅルに失礼でしょ！」

深海の理不尽な怒りを受けて、彼方さんは律儀に「ごめんなさい……」とテヅルモヅルに謝っていた。かなりいい人だ。

「うう、こーゆーのはもういいよ。俺はペンギンに会いたいんだよー」

深海《しんかい》生物のコーナーを去る頃には、奈々也さんはぐずり始めていた。子供か。

というかこの人たち、なぜ素直に深海《ふかみ》の言いなりになっているんだろう。別に連れじゃないんだし、集団行動する必要なんてないのに。

その時、彼方さんが僕の気持ちを察したような顔で、こう耳打ちしてきた。

「えっと、その、ごめんね。デート中に邪魔しちゃって」

――デート。

確かにこの外見大学生、デートとのたまった。

「……は？」

「だから、デートの邪魔してごめ――」

やにわに彼方さんの腕を摑《つか》む。びっくりしている彼の掌《てのひら》を、僕は自分の胸に思いっきり押しつけた。

「僕は、男ですから！」

「え、ええええええっ！」

真っ平《たい》らの感触に、彼方さんは悲鳴に近い声をあげる。

「ご、ごめん！　顔が可愛いから、てっきり女の子だと！」

「わっ、彼方っちがセクハラしてる！」

「違うよ奈々也君！　っていうかリンちゃん、男の子だったよ！」

「ええっ、マジで⁉」

奈々也さんまでもが目を剝《む》く。とても信じられないといった表情で、僕の胸を何度もぺたぺたと触り、マジかーマジだーとか呟《つぶや》いている。

正直そこまで驚かれると、こっちもかなり傷つく。

「どうしたの？　リンちゃんとふれあいタイム？」

深海がついでとばかりに、頭をぐりぐり撫《な》でてくる。僕は無言でその手を払った。

「ひどいよ、リンちゃん!」

「ふれあいタイムじゃない! というか、これ以上僕に触るな! 去《い》ね!」

衝撃の表情をした彼方さんと奈々也さんも、かなり乱暴に振りほどく。

「ほら、ペンギンがいるぞ! 僕なんか構ってないで、あっちに行け!」

進行方向には、開けた空間があった。上階から下階まで吹き抜けになっていて、眼下に大きなプールが横たわっている。

「そうだ! ペンギンを見に来たんだった。お待たせ、マイハニー!」

だだっ広いプールの岩場に佇《たたず》むペンギンを見て、奈々也さんが走り出した。

「ホントだ! 可愛い子がいっぱいいる! 鳥類なんて久々に見た!」

続いて深海もダッシュする。非常に大人げない。

「あーあ、二人とも行っちゃった。僕らはゆっくり行こうか、えと、リン……君?」

「倫太郎。リンちゃんって言われ慣れてるから、リンちゃんのままでもいいけど」

「それじゃあ、リン……ちゃん」

彼方さんは遠慮がちにそう言って、ゆるりとした足取りで二人のもとへと向かう。

「深海さんって、不思議な人だね」

「変わってるって言ってくれていいんですよ」

「ま、まあ、変わってるというか、不思議なオーラっていうか」

「オーラ？」

やっぱり、そういうのが見える人なんだろうか。スピリチュアル系男子か。

「うぅん、言い方が難しいなぁ。その人の持つ雰囲気みたいなものだと思ってくれればいいよ。深海さんのそういうのが、のびのびと澄み渡っているなって感じるんだ。人間離れ……いや、現代人ぽくないって言うのかな。そして、とても深い――」

「おーい、彼方っち、リンちゃーん」

ペンギンのプールの方から、奈々也さんの呼ぶ声が聞こえる。

「っと、奈々也君が呼んでるね。行こうか」

「あっ」

彼方さんはペンギンプールの方へと走っていく。僕もついて行くしかないようだ。

「のびのびと、澄み渡った雰囲気かぁ」

ひとの性別を間違えるし、かなりぼんやりした人に見えたけど、彼方さんは案外、すごい霊能者なのかもしれない。少なくとも、深海の分析はかなり鋭いと思う。

当の深海は、奈々也さんと共にペンギンプールに張り付いている。その目は真剣そのものだ。ガラスを挟んだ間近までペンギンが泳いで寄ってきて、しゃがめばお腹だって見えるし、水に潜っているペンギンも見つけられる。ペンギンファンにはたまらないスポットだろう。

プールの岩場では、スタッフのお姉さんが掃除をしているところだった。その周りをペンギンがヨチヨチと歩いている。

「一番はアデリーだけど、マゼランペンギンも可愛いなぁ」

「奈々也君ったら……。初めて来た時は、大本命のアデリーペンギンがいなくてガッカリしてたけど、今はすっかり、ここのマゼランペンギンのファンだよね」

彼方さんは、奈々也さんに笑いかける。

「最初に来ようとした時はイロイロあったよな。彼方っち、途中でどこかに行っちゃうしさ」

「あ、あれは、本当にゴメン……。どうしても行かなきゃいけない所があって……」

頭を下げる彼方さんに、「まあ、いいけど。あの後、埋め合わせもしてくれたし」と奈々也さんは笑い返した。きっと、この二人は長い付き合いなんだろう。

「しかし、欲を言えば、この半分がアデリーでもいいんだけどな」

奈々也さんは、そうぼやきながらペンギンに視線を戻す。

「あっ、あのペンギン、スタッフのお姉さんに水をかけて貰《もら》ってる！」

ホースの水をかけられて、ペンギンは気持ちよさそうにしていた。

「……いいなぁ。ボクも、あんな可愛い子にお世話をして貰いたい……」

うっとりと深海が呟くと、奈々也さんが冗談めかして笑う。

「深海さんって面白いなー。完全に水槽の中の生き物目線じゃないですか。でもそんなことばっか言ってると、リンちゃんにやきもち妬《や》かれちゃいますよ」

やきもちって何だ、やきもちって！

思わずムッとしたら、深海が「ごめんね」などとへらへら笑う。まったく、ますます意味が分からない。

僕は腹立ちまぎれに、そっと深海の脛《すね》を蹴《け》りあげてやったのであった。

本書は書き下ろしです。

深《しん》海《かい》カフェ　海《かい》底《てい》二《に》万《まん》哩《マイル》

蒼《あお》月《つき》海《かい》里《り》

平成28年 1月25日　初版発行
令和6年 12月10日　5版発行

発行者●山下直久

発行●株式会社KADOKAWA
〒102-8177　東京都千代田区富士見2-13-3
電話　0570-002-301（ナビダイヤル）

角川文庫 19570

印刷所●株式会社KADOKAWA
製本所●株式会社KADOKAWA

表紙画●和田三造

●お問い合わせ
https://www.kadokawa.co.jp/（「お問い合わせ」へお進みください）
※内容によっては、お答えできない場合があります。
※サポートは日本国内のみとさせていただきます。
※Japanese text only

ISBN978-4-04-103568-9　C0193

角川文庫発刊に際して

角　川　源　義

第二次世界大戦の敗北は、軍事力の敗北であった以上に、私たちの若い文化力の敗退であった。私たちの文化が戦争に対して如何に無力であり、単なるあだ花に過ぎなかったかを、私たちは身を以て体験し痛感した。西洋近代文化の摂取にとって、明治以後八十年の歳月は決して短かすぎたとは言えない。にもかかわらず、近代文化の伝統を確立し、自由な批判と柔軟な良識に富む文化層として自らを形成することに私たちは失敗して来た。そしてこれは、各層への文化の普及滲透を任務とする出版人の責任でもあった。

一九四五年以来、私たちは再び振出しに戻り、第一歩から踏み出すことを余儀なくされた。これは大きな不幸ではあるが、反面、これまでの混沌・未熟・歪曲の中にあった我が国の文化に秩序と確たる基礎を齎らすためには絶好の機会でもある。角川書店は、このような祖国の文化的危機にあたり、微力をも顧みず再建の礎石たるべき抱負と決意とをもって出発したが、ここに創立以来の念願を果すべく角川文庫を発刊する。これまで刊行されたあらゆる全集叢書文庫類の長所と短所とを検討し、古今東西の不朽の典籍を、良心的編集のもとに、廉価に、そして書架にふさわしい美本として、多くのひとびとに提供しようとする。しかし私たちは徒らに百科全書的な知識のジレッタントを作ることを目的とせず、あくまで祖国の文化に秩序と再建への道を示し、この文庫を角川書店の栄ある事業として、今後永久に継続発展せしめ、学芸と教養との殿堂として大成せんことを期したい。多くの読書子の愛情ある忠言と支持とによって、この希望と抱負とを完遂せしめられんことを願う。

一九四九年五月三日